살면서 쉬웠던 날은 단 하루도 없었다

WRITTEN
AND
ILLUSTRATED
BY

PARK
KWANG
SOO

Written & Illustrated by
Park Kwang Soo
Book Design & Calligraphy & Illustration [chapter]
Lee Yu Mi @ Milla Ariwan

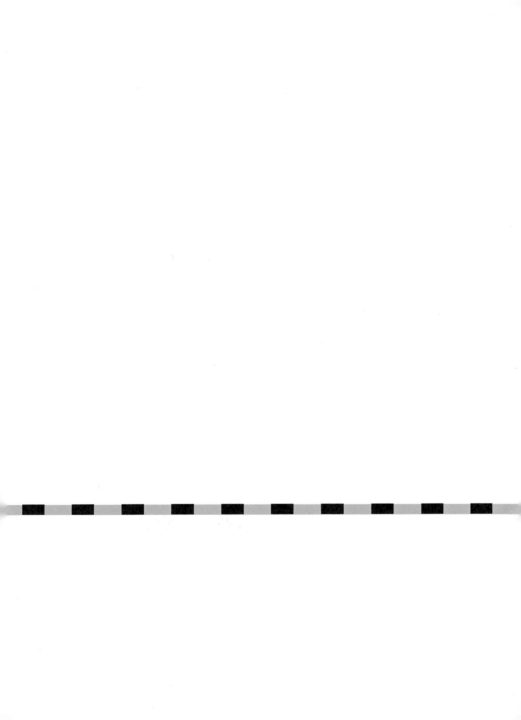

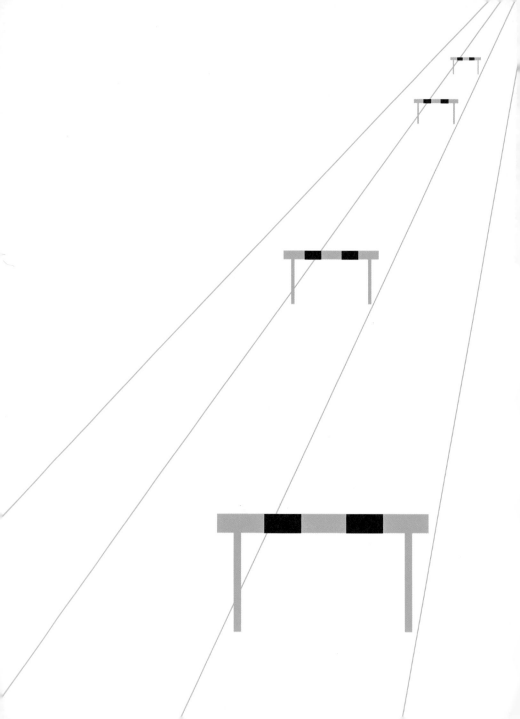

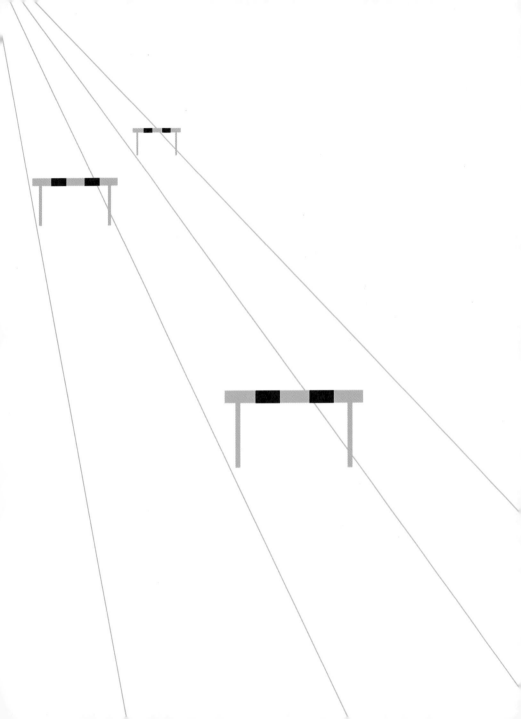

아무것도 모르던
어린 날이 좋았지

간혹 그 작은
어려움에 걸려서
넘어지는 날에도

늘 내 곁을
지켜주시던 부모님이
다가와 내 손을
잡아 일으켜 주셨지

어느덧 어른이 되니
모든 어려움들을 혼자의
힘으로 넘어야 했지

넘고 넘고 또
넘어도 끝이 없는
인생의 장애물들

하지만 난 포기하지
않아. 어떤 어려움도
견뎌내며 앞으로
계속 전진할 거니까.

(PROLOGUE)

해가 일과를 마치고 서둘러 퇴근을 준비하며 언덕 너머로
넘어가는 어느 저녁, 언덕길을 오르며 가쁜 숨을 내뱉던 나는
아무도 모르게 혼자 읊조린 경험이 있다.
"잘 버텼어. 그리고 지금까지 수고했어."

나를 잘 모르는 사람부터 심지어 나를 잘 안다는 사람들조차
그들이 옆에서 지켜본 나란 사람은 늘 즐겁게 사는 것 같다고 말해왔다.
하지만 그들의 판단과는 다르게 나는 철모르던 어린 시절을 지나
삶의 무게가 느껴질 나이부터는 언제나 '버티기'가 삶의 기조였고
'어떻게 하든 이번 일만 잘 버티고 넘기자.'라는 말을 수천 번 넘게
마음속으로 되뇌며 살아왔다. 너무나 많이 심장에 새긴 말이라
내가 죽은 후에 누군가가 내 심장을 열어본다면 내 심장에는 누군가가
눌러서 쓴 것처럼 '버티자'라는 말이 새겨져 있을 것이다.

미련할 정도로 버티고 견디고 잘 넘긴 산이 몇 개였는지도 손가락으로
헤아리기가 어려울 정도로 많았지만 '앞으로도 얼마나 많은
어려운 고비들이 내 인생에 남아 있을까?'라는 생각을 하면 아득한
기분에 손끝이 저려온다. 물론 지나온 어려움들 중에는 약간의 참을성만
있으면 넘을 수 있는 작은 어려움도 있었지만, 어떤 어려움들은 스스로
'이젠 한계에 도달했다.'라는 느낌을 주며 포기하고 싶게 만들기도 했다.
"그 끝을 알 수 없으니까 힘들어. 오히려 끝만 알았다면 버티기가 더
수월했을 거야."라고 이야기하는 사람들도 있었지만 내 생각은 달랐다.
'이 고통이 너에게 얼마 동안 지속될 거야.'라고 누군가 내게 딱 잘라
말했더라면, 그 말을 들은 순간 남은 어려움을 버텨내지 못하고 진즉에
정상적인 내 삶을 포기했을지도 모른다. 오히려 '오늘만 견디면 내일은
좋아질 거야.'라는 스스로의 위안이 있었기에 수많은 어려움을 견디며
결코 쉽지만은 않았던 세월을 넘어올 수 있었다.

그렇게 오늘, 또 오늘을 너덜너덜해진 심장으로 겨우 잠들었다 눈 뜨면
다시 찾아온 수많은 힘든 오늘들을 좋아질 내일을 기약하며
힘들게 버텨온 것이다.

어느 택시 운전사의 룸미러에 붙어 있는 소녀가 무릎 꿇고 기도하는
그림에 쓰인 '오늘도 무사히'라는 마치 부적 같은 표어가 지금까지의
내 삶을 이끌었는지도 모른다. 이만큼 살아보니 무사한 하루가 얼마나
기쁜 것인지 얼마나 다행인 것인지를 알게 된 것이다.

나는 명함에 어느 날부턴가 '만화가'라는 말 대신
'무규칙 이종 격투 문화가'라는 말을 새겨 넣고 다닌다.
내 명함을 받은 사람들의 대부분은 "이종 격투기도 하세요?"라고
놀란 눈으로 묻는다. 놀란 그들에게 웃으며
"돈 되는 일은 뭐든 다 한다는 뜻입니다."라고 말하지만
내 명함 뒷면에는 '내겐 세상이 링이다.'라고 새겨져 있다.
내가 느끼는 세상은 전성기 시절의 타이슨같이 위협적인 존재이며

조금만 방심하거나 틈을 보이면 나를 한 방에 쓰러뜨려 링에서 내려가게
만들 존재이다. 오랜 세월을 버텨오며 이제 내게 남은 것은 만신창이가 된
육체와 너덜거리는 심장뿐이지만 나는 절대 쓰러지지 않을 것이다.
내게로 날아드는 수많은 주먹들을 바짝 올린 가드로 막아내며
그 틈 사이로 보이는 상대의 빈틈을 노려 나도 주먹을 뻗을 것이다.
지쳐서 힘이 들고 가드를 올리고 있을 힘조차 다했지만 심장이
터질지라도 마지막까지 쉬지 않고 주먹을 뻗으며 내가 원할 때까지
나는 내 힘으로 링 위에 서 있을 것이다.

오늘 그랬던 것처럼
또 다른 오늘인
내일도 그럴 것이다.

오늘만 버티면
좋은 내일이 올 테니까.
분명 오늘만 버티면.

(03)

안개
주의보

(04)

오늘은
맑음

가끔은
흐림

흐림

1

hurdle

때로는 선량한 진심도 오독되기 마련이다.

하물며 진심이라고 하되, 선량함을 내포하지 않은 진심은

오독되기가 일쑤이다. 그렇다고 너무 진심에 매달릴 필요는 없는 것이다.

시간이 해결해 주기를 바라거나, 시간마저 해결해 주지 못한다면

그것을 증명하기 위해 자신의 소중한 시간을 흘려보낼 필요는 없는 것이다.

그냥 두는 것.

때론 들춰내거나 다시 돌아볼 필요도 없이 그냥 두는 것이

더 바람직할 때가 많다.

적어도 내 경우에는 그랬다.

애써 증명하기 위해 다시 들춰내어서

진심이 밝혀진 경우도 드물지만, 끝끝내 진심은 온데간데없고

모두에게 상처로 남는 것을 허다하게 보아왔다.

그러니 그냥 두는 것.

그것이 맞다.

적어도 내 경우에는 그랬다.

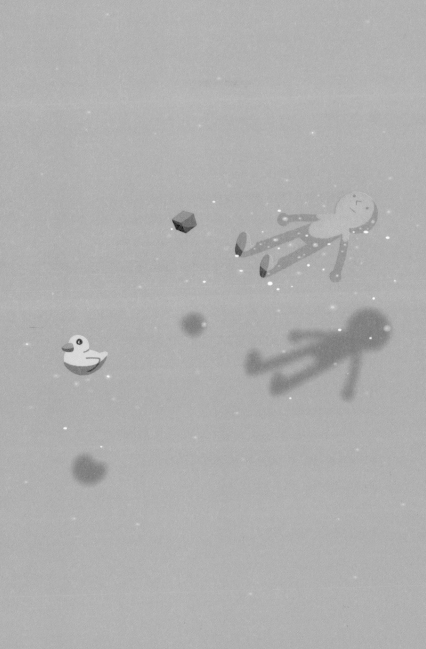

광고 문구처럼

아무것도 안 하고 싶고,

이미 아무것도 안 하고 있지만,

더 격렬하게 아무것도 안 하고 싶은 날이 있다.

할 일과 마쳐야 할 일이 넘쳐나지만

그냥 집의 어느 구석에 찌그러져

열린 창문으로 들어오는 바람을 즐기며

한심하게 시간을 보내는 스스로를

발견할 때마다 재능을 기부받고 싶다.

어느 유명 음식점의

프로 욕쟁이 할머니한테

욕 재능기부를 받고

정신 차리고 싶다.

바르게 살아야겠어요.
착하게 살아야겠어요.
너그럽게 살아야겠어요.
정직하게 살아야겠어요.

결국 바르지도 착하지도
너그럽지도 정직하지도 못한
사람들의 지켜지지 않는 다짐들.

그중 무엇이든 지킬 수 있는
약속만 하며 살자고 말하기에는
바르고 착하고 너그럽고 정직하게
살기에는 너무 무서운 세상.

"형, 우리 엄마도 병원에서 치매 판정을 받으셨어."
친한 동생이 어두운 표정으로 고백하듯이 내게 말했고,
그 말을 들은 나는 잠시 병원에 계신 엄마를 떠올렸다.
"이제 엄마와 좋은 기억을 많이 만들어. 그래야 후회가 덜 될 거야."
내 말에 후배가 결의에 찬 표정으로 대답했다.
"어, 엄마를 위해 그래야겠어."
후배의 말에 나는 고개를 가로저으며 그의 말을 정정했다.

"아니, 너의 엄마를 위해서가 아니고 너를 위해서야."

화가 나거나
기분 나쁜 일이
있을 때에는 글을 쓰려고
책상에 앉지 않는다.
그럴 때는 어김없이
나쁜 글이 써지고 마니까.

마찬가지로 화가 나거나
기분 나쁜 일이 있을 때에는
다른 사람들을 만나지 않는다.
나쁜 만남이 달가운 사람이 없기에
늘 기쁜 마음일 때 기쁜 마음으로만
사람을 만나야 한다.

나도 인터넷 카페 '중고나라'를 애용한다.
내가 필요한 물건을 그곳에서
싸게 구매하기도 하고, 내게 이제 필요 없는
물건들을 장터에 내놓고 팔기도 한다.
장터에 올라온 물건들을 보면
'이런 것도 누가 살까?' 하는 물건도 나오고,
'이렇게 좋은 것을 왜 팔지?' 하는 생각이 드는
물건들도 제법 나온다.

제각각의 물건들을 보다가
믿음이나 우정이나 사랑 등의 손에 잡히지 않는
것들을 장터에 내놓고 팔 수 있다면 얼마에
팔 수 있을까, 하는 궁금증이 들었다.
그리고 이어 든 생각은
우리들은 소중한 것일수록
헐값에 판다는 것이었다.

좋았던 날도

힘들었던 날도
결국 지나간다.

좋았던 날을 붙잡을 수 없듯이
힘들었던 날도 나를 붙잡을 수 없다.

좋았던 날, 힘들었던 날,
모두 어제이다. 오늘이 지나가면
난 내일 안에 서 있을 것이다.

좋았던 날이거나
힘들었던 날이거나
과거에 서 있지 마라.

어린 시절부터 지금까지의 나를 가장 잘 아는 사람은 당연하게도
나의 가족이다. 그런 우리 가족에게는 새삼스러운 고백도 아니겠지만,
어린 시절 나는 집 안의 물건을 훔쳐서 밖에다 내다 파는 아주 못된
도벽이 있었다. 그 처음은 아버지의 차 안에 굴러다니는 몇 개의 동전을
내 주머니에 몰래 넣어 두었다가 사탕 따위를 사먹는 것이 전부였다.
물론 아버지가 내게 사탕이나 과자를 사먹을 수 있는 용돈을 주거나
직접 그런 것들을 사서 오시긴 했지만, 그런 경로로 먹는 것보다
아버지 몰래 모아놓은 동전으로 사먹는 것이 훨씬 더 달콤했다.
그리고 그 달콤함은 상상 이상으로 자극적이었다. 그 못된 버릇과 유혹은
끊기 어려웠다. 결국은 아버지의 지갑에까지 손을 대기 시작했고, 아버지의
경계가 심해지면 형들이 가지고 있는 물건들 중 값나가는 물건들을 내다
팔기 시작했다. 사형제 중 막내였던 나의 범죄는 여러 경로를 통해 대부분
발각되어 매번 부모님과 형들에게 곤혹을 겪었지만, 그 나쁜 버릇은 쉽게
고쳐지지 않았다. 도박을 좋아하는 사람은 자신의 재산 전부를 탕진해도
도박을 끊기 어렵고, 술꾼은 추운 겨울날 외투 사서 입을 돈으로 술을
마시고, 바람둥이는 아름다운 아내가 생겨도 밖으로 나도는 것처럼,

나는 벗어나기 힘든 도벽에 중독되었다.

내 도벽의 정도가 심해지면서 그 심각성으로 인해 나를 뺀 가족들은
연일 가족회의를 열었다. 가족회의의 끝에 여러 가지 방법이 동원되었다.
부모님은 내게 용돈을 아주 풍족하게 주기도 해보고, 열 살 많은 큰형은
거의 죽기 일보 직전까지 나를 때린 적도 있다. 하지만 그 어떤 방법으로도
내 도벽은 쉽게 고쳐지지가 않았다. 가족들은 걱정했다. 집 안의 물건을
훔쳐서 내다 파는 것은 집 안에서 해결될 문제지만, 만약 내가 집 밖의
타인의 물건에 손댄다면 지금까지와는 다른 상황이 펼쳐질 것을 가족들은
심각하게 걱정했다. 초등학교 때 시작되어 고등학교 1학년 여름까지
내 도벽은 이어졌으나, 다행히도 가족들이 걱정했던 그 상황까지 가지 않고
내 나쁜 도벽은 그해 여름 어떤 일로 인하여 씻은 듯이 고쳐졌다. 당시 우리
가족은 2층으로 만들어진 주택에 살고 있었는데, 1층에서 부모님과
내가 기거했고 2층에는 세 형들의 방이 있었다. 무던히도 덥던 그해 여름날,
2층 셋째 형 방에서 잠깐 잠들었다가 땀범벅이 되어서 문득 잠에서 깬 나는
1층 내 방으로 가기 위해 일어났다. 계단을 내려가고 있는데, 당시에
대학을 다니던 둘째 형과 어머니가 싸우는 소리가 들렸다.

심상치 않은 기운에 조심스럽게 발걸음을 멈추고 계단 벽에 몸을 붙인 채
어머니와 형이 싸우는 소리에 귀를 기울였다. 형과 어머니는 셋째 형
방에서 잠든 내가 집에 없다고 생각하고 싸우고 있었고, 다툼의 이유는
나 때문이었다. 당시 미대에 다니던 형이 애지중지하던 카메라가 사라졌고,
당연히 어머니는 범인이 나라고 단정했다. 그리고 형에게 내가 집에
들어오면 어디에다 팔았느냐고 다그치겠다고 말씀하셨다. 그 소리를
들은 나는 어디론가 도망치고 싶어졌다. 왜냐하면 어머니의 직감대로 난
일주일 전쯤에 형의 카메라를 들고 청계천에 나가 장물아비한테
팔아버리고 돈은 이미 친구들과 다 쓴 후였으니 말이다.
그런데 놀라운 것은 둘째 형의 반응이었다. 어머니와 같이 분개해야
하는 것이 당연한데 내 짐작과 달리 형은 어머니를 나무라고 있었다.

"엄마가 물건만 없어지면 막내를 다그치니까 막내가 더 삐뚤어지는 거예요.
저도 더 찾아볼 테니 일단 확인이 되기까지는 믿어주자고요."

그 말을 들은 나는 결국 1층 내 방으로 가지 못하고 셋째 형 방에 있던

다락에서 다음 날까지 숨어 있었다. 물론 혼나는 것도 두려웠지만,
나를 믿어주는 형의 얼굴을 똑바로 볼 수 없었던 이유이기도 했다.
다락방에서 나는 혼자 울었던 것으로 기억한다. 희미하지만 그 눈물은
반성과 나를 믿어주던 형에 대한 미안함의 눈물이었을 것이다. 그 다음 날
다락에서 나온 내가 형의 카메라를 팔았다고 어머니에게 고백했는지,
아니면 그런 적이 없다고 딱 잡아뗐는지는 기억이 불분명하다. 분명한 것은
그날 이후로 내 도벽이 고쳐졌단 것이다. 누군가가 날 믿어주려 하는데
그 믿음에 반대되는 행동을 하고 싶지 않았던 것이 이유였다.

겨울 눈 쌓인 골목길에서 노상 방뇨를 한다.
도무지 녹을 것 같지 않은 눈들이 내 소변에 녹는다.
지퍼를 올리며 너무나 당연한 생각을 한다.
뜨거운 것들은 세상의 모든 차가운 것을 녹인다.

그런 마음으로 산다.
뜨거운 마음으로.

어린 시절 김수정 선생님의 만화 '둘리'를 보면서
발을 동동거릴 정도로 재미있어 한 적이 있다.
둘리가 너무 귀여웠고, 둘리가 하는 짓마다
다 따라하고 싶을 만큼 좋았었나.
어느덧 나이가 들어 우연찮게 들쳐 본 만화의 주인공
둘리는 더 이상 귀엽지도 좋지도 않았다.
그저 둘리에게 매번 놀림 받는 고길동 씨가 가여웠다.

고길동 씨가 불쌍하다 느껴지면 어른이라는데
난 어느덧 나도 모르게 어른이 되었나보다.
어린 시절에는 둘리를 통해 내 모습을 봤는데
이젠 고길동 씨를 통해 내 모습을 본다.
세월이란 그런 것이다.

내가 손에 든
바람개비가 돌기 위해서는
언덕에 서서 바람을 기다리거나,
혹은 바람이 부는 곳을 찾아가거나,

그것도 아니라면
내가 앞으로 힘차게
달리거나이다.

하기 싫은 일은 하지 말고,
미워하는 사람은 애써 만나지 말고,
흐르는 눈물은 참지 말고,
가고 싶지 않은 자리는 가지 말고,
터져 나오는 웃음은 참지 말자.

할까 말까 망설이는 동안
청춘이 다 지나가 버렸네.

책을 만들며 여러 사람을 만날 수 있는 기회가 생기는데
그중에는 기억에서 쉽게 사라지는 이가 있는가 하면, 시각장애인인
송영희 씨처럼 오랜 시간 기억과 가슴에 남아 있는 분들이 있다.
어린 시절 베체트증후군이란 병을 앓아 앞을 볼 수 없는 송영희 씨는
나에게 '도움'이란 단어에 대해서 다시금 생각해 볼 수 있는
기회를 만들어 주신 분이었다.

"제가 잘 아는 시각장애인이 미국으로 유학 가서 집에서 학교까지 지팡이로
혼자 통학을 했어요. 매일 왔다 갔다 하는 길이니 그 길에 뭐가 있는지 길이
어떤지 훤히 알고 있었죠. 그러던 어느 날도 평소처럼 그 길을 통해
학교에 가고 있는데, 그분이 가는 길에 누군가가 불법주차를 해놔서
길을 막고 있더라고요. 그분은 그걸 모르고 가는데 옆을 걸어가던 누군가가
다가와서 그분에게만 들리는 작은 목소리로 앞에 차가 있는데 도움이
필요하냐고 묻더래요. 그 말을 들은 시각장애인 분은 고맙다고 인사하고,
이제 차가 앞에 있는 걸 알았으니 혼자 갈 수 있다고 대답했대요.
그 말을 듣고는 도와주려던 사람은 자신의 갈 길을 갔고요."

거기까지 들은 내가 방정맞게도 영혼 없는 추임새를 넣었다.

"저런, 끝까지 도와주고 가지 왜 그랬을까요?"

나의 영혼 없는 추임새를 들은 송영희 씨는 의미 있는 미소를 지으며
자신의 말을 이어 갔다.

"그렇죠. 우리나라 분들은 대부분 그렇게 반응을 해요. 정이 넘치죠.
정이 넘쳐서 도움을 받을 사람의 의사는 묻지 않아요. 시각장애인이
길을 헤매거나 하면 대부분의 우리나라 분들은 일단 잡아끌거나 소리를
질러요. 어느 쪽으로 가라고, 온 동네방네 사람들이 다 알도록 말이죠."

나는 송영희 씨의 말에 순간 머쓱해져 아무 말을 못 하고 있었다.

"누군가를 돕기 위해서는 먼저 그 사람에게 도움이 필요한가를 묻고,
도움이 필요하다고 하면 손을 내밀어야 해요. 그냥 본인의 생각으로

'나는 이 사람에게 도움을 줘야 해.'라고 생각하는 것은 너무 일방적인
것이죠."

그 말을 듣고 난 꽤나 민망했다. 왜냐하면 나도 그런 행동을 한 적이
있었기 때문이다. 그 사람이 도움이 필요한지 따위는 묻지도 않고,
나 혼자 돕고 나 혼자 집으로 돌아가면서 괜히 뿌듯했던 순간 말이다.

"사실 방황하고 헤매도 혼자 갈 수 있거든요. 앞이 보이는 사람들은
시각장애인이 빤히 보이는 길을 헤매고 있으니 답답하겠지만, 우리들은
우리들의 속도로 걷고 있는 거예요. 시각장애인으로 혼자 살아가려면
그런 과정은 꼭 필요하거든요."

사람들은 다 자신만의 속도가 있다.
다른 이들을 자신의 속도에 맞추려고 하다가는
사고가 나기 마련이다. 조급한 마음을 버리고 타인의 속도를
인정해야 한다. 우리들의 종착역은 다 다르니까 말이다.

밥집 이름을

'뭐든'으로 짓자.

모텔 이름을

'어디든'으로 짓자.

무엇을 먹고 싶으냐고 물으면

"뭐든"이라고 대답하는 그녀와

'뭐든 식당'으로 가고,

어디를 가고 싶은지 묻는 나에게

"어디든" 상관없다는 그녀와 함께

'어디든 모텔'에 가자.

자신이 무엇을 먹고 싶은지,

자신이 어디로 가고 싶은지,

자신이 어떤 사람이 되고 싶은지 모르는

심지 없는 사람들의 삶은,

어디로 흘러갈지 모른다.

hurdle

이 아름다운 봄은
내게 몇 번이나 남아 있을까?

서늘한 바람이 물러간 자리에
서서 다시 봄을 기다린다.

15

마음에 생겨난 상처는
당신의 얼굴에 난 여드름과 같다.
노랗게 화농이 된 여드름이 보기 싫다고
대충 짜내고 화장으로 덮어 겉으로 드러나지 않게 하는 것은
일시적인 방편일 뿐이다. 그래서는 그 자리에 다시 여드름이 나거나
두꺼운 화장으로도 덮어지지 않는 움푹 파인 상처가 생겨나는 것은
당연한 일일 것이다.

마음의 상처도 마찬가지다.
대충 얼버무리고 상처 입지 않은 것처럼 행동하며 사는 것은
자신의 상처가 치료되지 않고 덧나고 깊어지길 독려하는 꼴이다.
모든 상처 치료의 첫 번째는,
자신의 상처를 정면으로 마주 대함에 있다.
나의 상처가 나를 얼마나 아프게 하는지,

얼마만큼 나를 병들게 하는지 알아야
그 상처를 치료할 수 있다.
누군가에게 내 상처를 보이기가 싫어서,
조금만 참으면 괜찮아질 거라는 막연함으로 감추고 치료시기를 늦출수록
상처는 더 깊어지고 치료는 더욱 더 어려워진다.
상처를 치료하는 과정인 지금 당장이 더 고통스럽고 힘들어도
상처의 근원까지 모두 짜고 도려내야지만
상처는 완치될 수 있는 것이다.
병원에서 맞는 주사가 무섭다고 작은 병을
크게 키워서는 안 된다.

당신의 마음에 생긴 상처는 당신의 아이가 아니다.
그러니 당신이 보듬고 키울 필요가 없는 것이다.

16

고등학교에 입학하고 친해진 친구 중에 말을 더듬는 친구가 있었다.
당사자는 더없이 괴롭고 힘든 일이었을 텐데 당시의 우리는
어리고 철이 없어서 그 친구를 놀리기 위해 말 더듬는 것을 따라했다.
그 친구는 자신의 흉내를 내는 우리들에게 화를 내며 말했다.

"야! 하 하 하지 마. 하 하 하지 말란 말란 말이야."

못된 우리들은 더 신이 나서 친구의 말투를 합창으로 따라했다.

"야! 하 하 하지 마. 하 하 하지 말란 말란 말이야."

친한 친구여서 등하교시에 같이 붙어 다니는 일이 많았고, 그러면서
친구를 놀리기 위해 더 빈번하게 친구의 말 더듬는 것을 따라했다.
그러한 우리의 행동이 놀림을 당하던 친구에게 아주 큰 스트레스였을
것이다. 2학년에 올라가서도 우리의 놀림이 계속되자 녀석은
여름 방학이 시작되자마자 우리들과 연락을 끊었고,

우리들은 연락이 닿지 않는 친구의 소식을 궁금해하며
연락이 닿지 않는 연유들을 서로 유추하며 조금은 걱정했다.
그리고 여름 방학이 끝나고 학교에 가자,
방학 내내 연락이 안 되던 친구가 나와 있었다.
우리는 반가운 마음에 녀석을 또 놀렸다.

"너 너 너 어 어떻게 된 거야? 왜 그 그 그동안 연 연락을 안 했어?"

우리들에게 놀림을 받으면 얼굴이 붉어지며 화를 참지 못하던 친구가
이전과 다르게 여유 있게 웃으며 대답했다.

"나 방학 동안 스피치 학원에 다녔거든. 학원에 다니면서
말 더듬던 버릇을 완전히 고쳤어."

말을 더듬는 버릇을 학원에 다니면서 완전히 고쳤다는 말에, 우리들은
놀림감이 사라졌다는 생각에 실망과 놀라움의 표정이 교차했다.

"지 지 진짜? 와 와 완전히 고 고 고친 거야?"

우리들의 물음에 녀석은 대답 대신 한 번 씽긋 웃어 주었을 뿐이었다.

문제는 그 디음부터였다. 고등학교 입학 후부터 줄곧 친구의
말 더듬는 버릇을 따라하던 우리들이 말을 더듬는다는 것이었다.

"어 어 어떡하지? 그 그 그 녀석은 고 고 고쳤는데 우 우 우리가
말을 더 더 더듬고 있으니."

친구를 놀리기 위해 시작한 말 더듬는 버릇은 알게 모르게 우리들을
잠식했고, 마치 우리들의 오래된 버릇처럼 굳어져 있었다.
못된 우리들을 하늘이 벌주려고 그랬는지 그 이후로도 한참 동안이나
그 버릇을 못 고치다가 졸업할 때쯤에 간신히 고치고 나서야
안도의 한숨을 쉬었던 기억이 있다.

살다 보니 내 옆에 어떤 사람이 있느냐는 중요하다.
내 옆에 어떤 사람이 있든 나만 잘하고 살면 된다고
생각하는 사람도 있지만, 대부분의 사람들은 알게 모르게 조금씩
서로에게 영향을 받고 살아간다. 그래서 아주 안 좋은 표현으로
'똥은 똥끼리 모인다'라는 표현을 쓰는 것인지도 모른다.
당신 주변의 사람들을 살펴봐라.
식당 종업원들에게 반말하는 사람, 강자에게 약하고 약자에게
강한 사람, 타인을 배려하지 않고 자신만 아는 이기적인 사람,
주변 사람들이 잘못되는 것을 고소해하는 사람, 돈이면 뭐든지 된다고
생각하는 사람, 노력하지 않고 게으른 사람, 다 자신만이 옳다고
생각하는 사람들이 당신과 함께 있다면 자신이 그들에게 어떤 영향을
받는지를 살펴야 한다. 그리고 당신과 우리들은 그 영향을 차단하려고
노력하며 살아야 할 것이다.

초록은 동색이니 말이다.

17

hurdle

그리움이 병이라면

나는 중병에 걸려 있다.

인간의 삶에서

해탈을 했다는 부처마저도
삶은 고난의 연속이라고 말했다.

그런 삶을
누군가는 견디면서 산다.
그런 삶을
누군가는 즐기면서 산다.
대부분의 비슷한 삶을 짊어지고
어떤 이는 견디면서 살고
어떤 이는 즐기면서 산다.

즐길 것인지, 견딜 것인지
모든 것은 각자의 몫이다.

결혼을 앞둔 처녀가
'내 인생을 맡길 수 있는 사람'을
찾고 있다고 했다.
인생이 물건이 아닌데 어디다가
맡긴다는 것인가?
자신의 인생을 자신이 살지 않고
어딘가에 맡겨 두길 원하는 사람에게는
서울역 유실물 보관센터를 권하고 싶다.

언젠가는 찾아가겠지 뭐.

hurdle

산삼을 캐는 심마니들이 사람들의 손길이
닿지 않는 깊은 산 그리고 더 깊은 산으로
들어가는 이유는 너무나 간단명료하다.
사람들이 많이 다니는 길목에 그들이 바라는
산삼 따위가 있을 리 없기 때문이다.
대부분의 사람들이 위험하다고 가기를 꺼리는 곳에
열매가 있고 그토록 헤매며 찾던 산삼도 있는 것이다.

사람들이 빈번하게 다니는 길은 누군가가 억지로 길을
만들려고 하지 않아도 저절로 반듯한 길이 생긴다.
그렇게 생겨난 반듯한 길은 걷기에도 좋고 안전할지는

몰라도 그 길가에서 열매나 산삼은 찾아보기가 어렵다.
사람들이 자주 다니는 길에 생겨난 열매나 산삼은 이미
누군가가 따간 상태일 터이니 말이다. 험하고 아무도
가지 않은 길에서 열매가 풍성한 나무를 만나게 된다.

다른 이들과 다른 삶을 살고 싶다면
다른 이들이 고민하지 않는 것들을 고민하고
다른 이들이 걷지 않는 길을 걸어야 한다.
기회는 역경으로 가장하고 나타나
사람들의 눈에 잘 안 띄는 법이다.

나는 엄니가 치매로 입원하신 뒤로
엄니가 계신 병원에 일주일에 한 번 갔었다.
나와 달리 하루도 안 빠지고 매일 가시는 아부지가
하는 일에 지장 받는다며 나에게 이주에 한 번만 오라는
제안을 냉큼 받아들이고 이제 이주에 한 번 엄니를 찾아간다.
일도 없는데 엄니한테 안 가는 날에는
'내가 병원에 있었다면 엄니는 어땠을까?'를
상상하니 지금 나와는 많이 다를 것 같아서
미안하고 죄스럽다. 후회할 것을 알면서
후회를 적금처럼 차곡차곡 쌓아두며 산다.

코끼리는 코가 아무리 길어도
짐으로 생각하지 않으며,
부모도 자식이 아무리 많아도
짐으로 생각하지 않는다 했다.

청춘에게 위로가 필요한가?
물론 그 시기를 지나면서 힘들고 어려웠지만
지나고 나니 가장 빛나고 아름다웠던 시절임을 깨닫는다.
갈 수만 있다면 억만금을 주고라도 다시 가고 싶은 것이
청춘인데 어디서 감히 위로란 말인가?
청춘을 잃어버린 이들이 청춘에게 함부로 건네는
'위로'라는 말 자체가 오만이고 허세이다.

사랑해.
사랑해.
사랑해.

세상을 살아가며

이 말을 얼마만큼의 뭇 여자들에게

쉽게 남발했던가.

내가 살면서 만난 여자들과의

사랑을 다 합친다 해도

엄마만큼의 사랑은 아닐진대

나는 왜 그 말을 당신께

열 번도 못 하고 지금

이렇게 후회하고 있는 걸까?

엄마,
미안해.
미안해.
미안해.

나는
너 없이도 잘 산다.
너는
나 없이도 잘 사는지,
잘 살아도 나처럼
문득문득 생각나는지.

등 뒤에
작은 기척에 돌아보니
덩치 큰 곰이 서 있다.
그렇게 숨죽이고 있으면
아무도 모를 거라고 믿는
미련한 곰이다.

미련하다.
너도
나도.

비 온 뒤의
무지개

무지개

–

∩

교관 모자를 쓴 사람이 묻는다.
"할 수 있습니까?"
잠시 눈치를 살피다가 대답한다.
"할 수 있습니다!"
그래, 그는 어쩌면 그 일을 할 수 있을지 모른다.

교관 모자를 쓴 사람이 묻는다.
"할 수 있습니까?"
망설임 없이 대답한다.
"해야만 합니다!"

할 수 있는 사람은 어쩌면 해낼지도 모르지만,
해야만 하는 사람은 그 일을 꼭 해낸다.

hurdle

∩

내게 세상에서 가장

비싸고 좋은 시계는 엄마였다.

내가 일어나야 하는 시간,

내가 밥 먹어야 할 시간,

내가 포기해야 할 시간,

내가 세상에 나가야 할 시간,

내가 울음을 멈춰야 할 시간.

내가 세상을 살아가면서 알아야 할

거의 모든 시간들을 엄마는 알려줬다.

이제는 멈춰 서 버렸지만

멈추기 전까지 그 귀함을 알지 못했던

내게 가장 귀하고 고결한 시계였다.

27

어느 드라마에 나온 여배우가 말했다.

"항상 옳지 않아도 돼.

나빠도 돼.

남한테 칭찬받으려고 사는 게 아니니까."

TV에 나온 여배우의 그 대사를 듣고

그래, 어떤 날은 그렇게 사는 것도

좋겠다는 생각이 들었다.

자아가 생긴 아주 작은 아이였을 때부터 지금까지

부모님이건 그 누군가에게로부터 칭찬받기 위해서

스스로를 너무 힘들게 했으니까.

가끔은 옳지 않아도,

바르지 않아도,

칭찬받지 못한다 하더라도

날 위한 날들도 필요해.

∩

오늘 아주 힘들었지?
세상일이 다 네 마음 같지 않고
얽힌 실타래들은 점점 더 어지럽게
얽혀만 가는 것 같으니 말이야.
누구 하나 네 마음 몰라주니
지금 있는 곳이 어두운 터널 같을 거야.
울었어? 그래 오늘은 실컷 울어.
가슴에 있는 것들을 모두 쏟아내며
후련해질 때까지 울어 버려.
이렇게 슬픈 날엔 술은 금물이야.
아주 많이 오랫동안 운 다음에는
집에 들어가서 따뜻한 물로
씻고 푹 자렴.

오늘 밤 자고 나면
모든 것이 좋아질 거야.

우연한 기회에 그래픽 디자이너에서 만화가의 길을 걷다

세상으로부터 허명을 얻고 난 이후부터는 간혹 사람들로부터

"넌 변했어. 예전과 달라졌어."라는 말을 들었다.

처음으로 그 이야기를 들었을 때는 당혹스러움을 넘어 약간의 분노가

치밀었다. '난 변한 것이 없는데, 도대체 뭐가 변했다는 거지?'라는

생각에 그 말을 꺼낸 사람과 치열한 설전을 벌였다.

하지만 내 뜻과 상관없이 주변으로부터 그런 이야기가 빈번해지자

내 '분노'는 '인정'이라는 감정으로 치환되었다.

내가 변했다는 것을 인정하며 자조와 긍정 사이에서 어정쩡한 자세로

'그래, 사람은 다 변하는 거지. 변한다는 것이 꼭 나쁜 것만은 아니야.'

라고 태도를 바꿨다. 그렇게 마음을 정하니 누군가와 설전을 벌일 일도,

그 누군가에게도 나는 예전과 달라지지 않았다고 끝끝내 항변할 필요도

없으니 오히려 예전보다 더 마음이 편해졌다.

예전의 나처럼 자각을 잘 못 하고 인정하지 않으려는 것뿐이지,
살면서 안 변하는 사람은 없다. 지금의 난 더 변하려고 노력 중이다.
그래서 사람들로부터 '박광수 많이 변했어.'라는 말을 듣고 싶다.
물론 내가 변하고자 하는 방향은 좋은 쪽이다. 나쁜 놈이 더 나쁘게만
변하지 않는다면 그 정도가 조금이거나 많거나 좋게 변한다는 것은
분명 좋은 일이다. 그러니 너무 처음의 것에 집착할 필요는 없는 것이다.
그리고 누군가의 변했다는 말에도 상처 입거나 항변할 필요도 없는 것이다.
그런 말에 휘둘려 십수 년째 멍청한 녀석과 변함없는 논쟁을 벌이는
것만큼이나 바보 같은 일도 없으니까 말이다.

난 변했다.
좋은 쪽으로 변했고,
난 더 많이 변할 것이다.

전 사이비 목사가 아니지만
'믿으세요.'란 말을 좋아해요.

내일은 더 좋을 거예요.
믿으세요.

내일은 나를 괴롭히던 수많은 안 좋았던
일들이 비 갠 날의 구름처럼 물러가고
기쁘고 행복한 시작의 첫날이 될 거예요.
믿으세요.

내일은 그리웠던 사람을 만나게 될 거예요.
믿으세요.
믿으세요.

힘겨웠던 오늘을 보내며
내일의 희망조차 없이
또 내일을 맞이한다면
내일은 내일이 아닌 오늘의 연장이에요.

믿으세요.
다 좋아질 거예요.
당신 스스로를 믿고
밝아올 내일을 믿으세요.

믿으세요.

hurdle

" 20초간 미쳤다고 생각하고 용기를 내봐."

〈우리는 동물원을 샀다〉라는 영화에 나오는 대사이다.

"인스턴트 라면을 끓여도 3분이 필요한데 20초로 뭘 할 수 있어?"라고
반문하는 사람들이 많을 것이다.

하지만 실제로 20초는 아주 긴 시간이다.

누군가에게 사랑을 고백할 때 망설이는 시간을 뺀다면
고백의 시간은 10초도 걸리지 않을 것이다.

싸우고 오랫동안 연락하지 않던 친구에게 전화를 걸고
그가 내 전화를 받는 시간도 20초면 충분하다.

자신이 하고 싶지만 부모님이 반대하는 일에
대해 자신의 의지를 밝히는 일도 20초면 된다.

너무 긴 설명은 역효과를 초래할지도 모르니까 말이다.

사랑하는 사람과의 첫 키스는 20초면 충분하며
심지어 그 여운은 20년이 넘게 갈지도 모른다.

20초간 미쳤다고 생각하고 용기를 내라.

어쩌면 그 용기가 당신의 20년을 바꿀지도 모른다.

세상 나이로 마흔 살이 막 넘었을 무렵 꽤나 할 일이 없던 나는
친구와 술집에서 꽤 오랜 시간 동안 별 생각 없이 술을 마시고
앉아 있었다. 같이 마시던 친구는 그다지 술을 잘 마시지 못하는지라
나보다 훨씬 취해서 상체를 이리저리 흔들며 자신의 몸뚱어리조차도
잘 간수하지 못하고 있는 터라서 '쟤를 어떻게 하지?'라는 고민이
살금살금 들었다. 억지로 데리고 나가서 택시를 태워 보내야 하나
아니면 계산만 하고 나 몰라라 하곤 내뺄까를 고민할 때, 취한 친구가
갑자기 용수철처럼 튕기며 자신의 상체를 곧추 세우면서 내게 질문했다.
"이야~광수야아~너 이다음에 크면 뭐가 되고 싶냐?"
뜬금없는 질문이었지만 나는 모든 동작을 멈출 수밖에 없었다.
거의 10살 이후에는 들어보지 못한 신선한 질문이었다.
10살 이전에는 집에 놀러온 아부지 친구 분들이나 친척 어른들의
단골 레퍼토리여서 아주 지겹고 식상한 질문이었는데, 마흔 살이 넘어
다시 질문을 받으니 그 질문이 그렇게 신선할 수가 없었다.

그 신선함은 내 친구 종원이가 자신의 밭에서 오늘 딴 배추라고
가져왔던 그것보다도 훨씬 신선하게 느껴졌다.
너무 신선했는지 친구의 물음에 나는 대답을 할 수가 없었다.
어린 시절에는 같은 질문에도 '이 위기만 넘기면 된다'라는 생각으로
대통령이나 과학자나 혹은 소방관 같은 전혀 진심 없는 대답으로
질문들을 넘겼지만, 웬일인지 이제 이 나이에는 그러면 안 될 것만 같은
강박이 들었다. 결국 나는 그날 친구가 술집 탁자에 얼굴을 박고 잠이
들 때까지도 대답을 못 했고, 그날의 일은 내게 제법 충격이었다.
마흔 살의 나는 꿈을 이루지도 못했는데, 내 꿈이 무엇인지도 까맣게
잊고 더 이상 꿈꾸기를 멈추고 있었던 것이다.

젊은 시절에는 누구나 멋진 계획이 있었고 꿈도 있었을 것이다.
그런데 나이가 들어가며 어느 날 사뭇 달라진 자신의 모습에 스스로
깜짝 놀라게 된다. '내가 왜 이렇게 엉뚱한 삶을 살고 있지?

어리고 젊던 시절 꿈꾸던 멋진 계획과 원대한 꿈을
어디다 다 내팽개치고 살고 있을까?' 놀란 마음에
자신의 꿈과 계획을 천천히 더듬어 찾아보니,
어디론가 멀리 가 있을 것만 같던 꿈과 계획은
여전히 출발점에 머물러 있었다.
꿈과 계획들은 언제나 출발점에서 나와
함께 가기를 기다리고 있었는데
나 혼자 멀리 떠나와 있었던 것이었다.
조금 늦었지만 이제라도 손잡고 함께 힘차게 달려봐야지.

나도 그때의 친구처럼 이 책을 읽는 당신에게 질문하고 싶다.
"넌 이다음에 크면 뭐가 되고 싶니?"

씨앗,
너무 애쓰지마.
너는 분명 꽃이 될
운명으로 이 땅에 뿌려졌으니.

씨앗,
너무 눈물겹지 마.
꽃이 못 되어도
썩는다면 땅으로
살아갈 수 있으니.

씨앗,
씨앗,
씨앗.
꽃으로든 땅으로든
이 땅에서 살아질 테니.

전쟁 중에 아들이 사망했다는 통보를 받은 어머니는 자신의
삶 자체를 다 잃은 마음이었다. 아들을 다시 볼 수 없다는
생각에 너무나 슬펐고, 전쟁이 싫었고, 나라가 미웠다.
어머니는 하늘에 간절히 기도했다.
아들이 자신의 곁으로 돌아올 수 있게 해달라고.
결국 자신의 곁으로 돌아올 수 없다면 꿈에서라도 아들을 한 번만 더
볼 수 있게 해달라고 간절한 마음으로 하늘에 기도했다.
어머니의 간절한 기도가 하늘에 닿았는지 그날 밤 어머니의 곁으로
천사가 찾아왔다. 천사가 슬픔에 잠긴 어머니에게 말했다.

"어머님의 간청대로 아드님을 볼 수 있게 해드리겠습니다.
하지만 하늘의 규정에도 없던 일이라 단 5분밖에는 볼 수가 없답니다.
대신 어머님이 보고 싶어 하는 아들을 만나게 해드릴게요.
몇 살 때의 아들을 보고 싶으신가요? 단상에 올라가서 상을 타던

자랑스럽던 14살 때의 아들? 아니면 한창 재롱을 떨며 귀엽기만
하던 7살 때의 아들? 언제의 아들을 만나고 싶으신가요?"
천사의 물음에 어머니는 잠시 생각에 잠겼다.
잠시 생각 후에 어머니는 답을 기다리는 천사에게 말했다.

"어린 시절 큰 잘못을 저지르고 울면서 마당을 가로질러 내게
달려오던 아들을 만나게 해주세요. 그때 아들은 자신이 아주 큰 죄를
저질렀다는 생각에 겁에 질려 마당을 가로질러 와서 내게 자신의 잘못을
빌었지만, 전 혼내느라 그 아이를 안아 주지 못했어요. 그때 아이는 어려서
너무 낙심하고 있었어요. 눈물로 얼룩진 애처로운 그때의 아들을 만나
'괜찮다'고 말해 주고, 내 사랑과 온기를 아들이 느끼게 해주고 싶습니다."

당신 앞에 천사가 나타나서 당신의 시간을 되돌려 준다면
당신은 언제쯤의 엄마를 안아 드리고 싶나요?

당신이 마음이 아프다고 할 때,
내가 뒤에서 당신을 꼭 안아 주면
당신은 마음이 덜 아프다고 했다.

당신이 마음이 아프다고 할 때,
내가 당신의 손을 꼭 잡아 주면
당신은 마음이 덜 아프다고 했다.

당신이 마음이 아프다고 할 때,
내가 옆에서 가만히만 있어 줘도
당신은 마음이 덜 아프다고 했다.

바보 같은 나는 당신의 마음이
어디에 있는지 몰랐는데 당신의 마음은
당신의 등에도, 당신의 손에도,
그리고 당신의 옆자리에도 있었다.

다행이야.
버스에 타서
다리가 너무 아파
노약자석에 앉을 때마다
주변의 눈치를 본다는 건,
내가 아직 스스로를
젊다고 생각하는 방증이야.

다행이야.
아직 스스로를
젊다고 생각한다는 것은.
젊으니 아직 내 꿈은 무한하지.
그래서 참 다행이야.

겨울바람은 매일
쌩쌩 부니 쉴 틈이 있을까?
겨울바람처럼 매서운 나도
하루도 쉴 날이 없네.

봄바람이 되어야지.
나뭇가지 위에서도 잠깐,
당신 어깨에서도 잠시 잠깐
쉬었다 가는 따뜻한 봄바람이 되어야지.

그래서 움츠렸던 꽃망울들을
활짝 터트리는 봄바람으로 살아야지.
당신과 나 사이에 꽃이
지천으로 피어나도록.

밝은 달 안에
내 그리운 사람의
얼굴이 보이고
어디선가 들려오는
개구리 울음소리
하늘 가득히 누군가
뿌려 놓은 별들

오늘 밤은
어느 누구도 외롭지 않은
밤이었으면 좋겠어.

어느 늙은 권투선수가 내게 말했다.

자신들은 맞는 데 이골이 났다고.

그런데도 언제나 맞는 것은 두려웠다고 했다.

사람들이 자신에게 직업이니까 때리는 것도

맞는 것도 괜찮지 않느냐고 물었지만, 단 한 번도

맞는 것이 두렵지 않았던 날은 없었다고 했다.

그러면서 자신이 처음 링에 오르던 날의 이야기를 해주었다.

시합 전에 상대방의 경기 영상도 보고 그에 대한 대비도 했었지만

실제로 맞붙는 것은 처음인지라, 연습한 것이 실전에서 통할지

혹은 안 통할지도 모르겠고, 이기고 싶은 마음은 분명하나

그에게 맥없이 질지도 모른다는 생각으로 몸은 링이 아닌

다른 곳에 붕 떠 있었고, 자신의 동공은 불안해서 심히 흔들리고

있었노라고 웃으면서 자신의 처음을 고백했다.

그렇게 링 위에 있지만 링이 아닌 다른 곳에 있던 자신을 링 위로

불러들인 사람은 자신의 뺨을 힘차게 때린 관장님이었다고 한다.

"시합 전에 뭘 생각해?

내 눈을 봐. 무섭지?

질까봐 무섭고, 상대방의 주먹이 얼마나 아플까 무섭지?

나도 첫 경기 때는 그랬어.

그런데 한 가지만 생각해.

배운 대로만 하는 거야.

네가 알고 있는 걸 링에서 다 쓰고 내려와.

그리고 기억해.

상대방도 너만큼 두려워하고 있어."

그렇다.

우리들 자신이 어떤 싸움에 나서기에 앞서

두려움이 자신을 잠식할 때마다 우리는 기억해야 한다.

상대방도 나만큼 두려움을 안고 있다는 것을.

그리고 그 두려움을 먼저 떨쳐내는 이가 승리한다는 것을.

∩

만약 타임머신이 만들어져서 내가 타임머신을 타고
과거로 돌아가서 스무 살의 나를 만난다면 할 말이 참 많을 거야.
살이 더 이상 찌지 않게 음료수는 필히 끊으라고 하고,
사람들에게 버럭 하며 성질내는 고약한 성격도 고치고,
나이 들어서는 치아가 중요하니 하루에 세 번 양치질을 하라고 하고,
되도록 사람들을 적으로 만들지 말고 둥글게 살라고 하며,
나이 오십이 거진 다 되어가며 느낀 후회와 회한들을 너에게 들려주겠지.
아니, 어쩌면 모든 것을 다 들려줄 수는 없을지도 몰라.
내가 지금까지 살면서 느낀 모든 것들을 이야기해 준다면
스무 살의 나는 두려움에 질려 앞으로 살아갈 용기를
잃어버릴지도 모르니까.

곰곰이 생각해 보니 스무 살의 나에게 어떤 이야기는 해주고
어떤 이야기는 걸러서 하지 말아야 할지 잘 모르겠군.

단 한 가지 칭찬해 주고 싶은 것,
유도를 배우면서 일찍이 낙법을 배운 것은
잘한 일이라고 말해 줘야지. 어떻게 살든, 무엇을 겪든,
지금의 나처럼 잘 견디며 살아 달라고 해야지.
세상으로부터 어떻게 내동댕이쳐지더라도
배운 낙법으로 너무 상처 입지 말라고.

아부지가 내게 말씀하신 것들 중에는
더러 쓸모도 있고 마음에 새길 만한 것들이 많았는데,
내가 그중 가장 깊이 새기는 말은 이 말이다.

"사내는 질 것을 뻔히 아는 싸움이라도
꼭 나서야 되는 싸움이 있다."

어린 시절, 처음 그 말을 아부지에게 들었을 때에는
'왜 지는 싸움은 피해야지 나서라 하는 거지?'라는 의문이 들었다.
그냥 흘려보내려던 그 말은 사는 내내 나를 괴롭혔다.
그리고 어느 순간 아부지의 말을 어렴풋이 알게 되었다.

진짜 지는 것은, 질 것이라는 막연한 두려움에
제대로 된 싸움도 못 해보고 상대에게 고개를 조아리고
등을 보이는 것이다. 만약 내가 질 것이라는 두려움을 떨쳐내고
싸움에 나서서 패한다 하더라도 그 패배는 영원한 패배가 아니다.
그 패배는 한시적인 패배일 뿐이고, 싸워 보지도 않고
미리 고개를 조아리고 등을 돌리는 것이야말로 영원한 패배인 것이다.
싸움에는 졌을지라도 내 두려움과 싸워서 이겼으니 내 승부는
1대 1 무승부인 것이고, 그렇게 전적을 쌓아 나간다면
나는 더 강해질 것임이 틀림없다.

∩

만화 '미생'이 드라마로 나오기 전에 나는 먼저 책으로 미생을 보았다.
윤태호 작가의 미생은 그의 전작도 그러했지만, 그의 스승(허영만 선생님)
처럼 많은 자료 조사와 철저한 준비로 밀도가 아주 높은 작품이었다.
그렇게 밀도가 높은 작품을 원작으로 하였기에 드라마 미생의 성공은
어쩌면 당연한 일이었다. 드라마의 성공 이후에는 원작만화인 미생이
사회 초년생들의 입문서처럼 팔려 나갔고 '미생'이라는 생소했던 단어가
유행어처럼 어디에서나 들려왔다.
미생은 바둑 용어로 '바둑판 안에서 완전히 죽지도 않았지만,
완벽히 살지도 못한' 돌을 의미하고, 완생은 '바둑판 안에서 두 집
이상이 만들어져서 완벽하게 산' 돌을 의미한다.

드라마가 종영된 이후에는 사는 일에 늘 서툰 우리들은 스스로를
미생이라고 칭했다. 잔인한 자조가 우리들을 엄습하는 순간이었다.
그렇다면 완생은 어디 있는가?
현대를 만들고 왕회장이라 불리며 살다 간 고 정주영 회장은

완생인가? 스티브 잡스, 이병철, 빌게이츠 등은 완생인가?
돈이 많고 권력이 많고 부잣집에서 태어났으면 완생인가?

난 그렇지 않다고 생각한다.
완생과 미생은 그저 만화와 드라마에 나온 말이니까.
삶은 언제나 '도중'이다. 사는 내내 우리의 삶은 도중 속에 놓여 있고,
어쩌면 죽어서까지 도중 속에 있는 것이 우리들의 삶이다.
지금의 패배한 모습이 '승리를 하고 있는 도중'의 모습일지도 모르고,
죽어서도 욕먹는 일이 '더 먼 후대에 칭송받기 위한 도중'일지도 모른다.

언제나 우리는 도중이다.
완생과 미생이라는 이분법 안에 자신을 가두지 말자.
조금의 성공에 기뻐하거나 지금의 실패에 좌절할 필요가 없다.
왜냐하면 우리들은 죽어서도 끝나지 않은 도중 속에 살고 있으니까.
넌 어쩌면 지금 이기고 있는 도중이다.

43

hurdle

조금 늦었지요?

당신이 이렇게 기다리는 줄 알았다면
조금 더 서둘러서 왔을 텐데요.

내 안으로 성큼성큼 걸어 들어온
봄이 내게 말한다.

봄이 왔다.
너무 추워하는 내가
안쓰러웠는지 그렇게
봄이 왔다.

31살의 나이에 경력이라곤 트럭기사, 그리고 학창시절에는
'왕따'였던 사람. 그는 먹고살기 위해서 온갖 궂은일을 마다하지
않으며 일을 했고, 일을 하는 틈틈이 자신의 꿈을 이루기 위해
영화 시나리오를 썼다. 그리고 서른이 넘어서야 자신의 꿈의 기반이 될
작은 영화사에 취직을 하게 되었고, 일을 하며 틈틈이 쓴 시나리오를
자신이 다니던 영화사에 팔았다. 그때 영화사에서 계약금으로 받은 돈은
1달러였다. 1달러를 받은 대신 그가 내건 조건은 자신이 쓴 시나리오의
영화 연출을 자신이 할 수 있게 해달라는 것이었고, 영화사는
고심 끝에 연출 경력이 전무했던 그의 제안을 받아들이고 감독을 맡겼다.
그렇게 만들어진 그의 첫 영화가 SF영화의 신기원을 이룬 '터미네이터'였다.

그 후에도 그는 '에일리언', '심연', '타이타닉', '아바타' 등의 영화를
만든 위대한 감독이 되었다. 그가 바로 제임스 카메론 감독이다.
카메론은 영화 '심연'을 찍으면서 심층 해양에 관심을 가지게 되었고,
자신이 설계 단계부터 참여한 '딥씨 챌린저' 호를 타고 유인 잠수정으로는
세계 최대 깊이인 8,200미터 잠수에 성공했다.

그런 카메론이 최근의 한 인터뷰에서 "쓰나미가 시작된 일본 해구를
탐험해서 지진 감지기 개발에 참여하고 싶다"고 했다.
주변에서는 그렇게 큰돈을 들여가며 왜 그토록 위험한 일을 하냐며
만류했고, 카메론은 "내가 영화를 만드는 큰 목적은 탐험, 특히 바다
탐험에 관심을 불러일으키기 위함"이라고 설명했다.
그의 설명에도 불구하고 사람들은 그의 행동을 이해하지 못했다.
그러자 그가 씽끗 웃으며 다시 말을 보탰다.

"'왜 잠수함을 만드느냐? 왜 바다에 들어가느냐?'고 묻는 건
모두 어른들이에요. 아이들은 그런 질문을 하지 않아요. 왜냐하면
아이들은 그것이 얼마나 멋진 일인지 알거든요. 나 역시도 그
아이들처럼 몸만 큰 아이랍니다."

육신은 늙어도 꿈은 늙는 것이 아니다.

'**맨땅에 헤딩하기**' 란 속담 아닌 속담 같은 말이 있다.

'야, 그거 너무 맨땅에 헤딩하기야."란 말은, 그 일은

이루어지기 쉽지 않다는 뜻이다. 그러니까 즉 하지 말란 이야기다.

연애하기 어려운 사람을 만났을 때,

돈 한 푼 없이 먼 곳으로 여행을 떠나려고 할 때,

전문적인 경험이나 지식 없이 어떤 일을 시작하려 할 때,

꼴찌가 일등에게 도전하려고 할 때 쉽게 쓰이는 말이다.

세상을 살면서 어려운 일이 태반이지만

분명 쉽게 할 수 있는 일도 있다.

꼴찌가 일등에게 도전하지 않고 현실에 안주하고,

내가 좋아하는 사람 대신 나를 좋아하는 사람과만 연애하고,

자신이 익숙한 일만 하며 산다면 크게 낙담하거나

실패를 경험하지 않아도 될 것이다.

하지만 실패와 낙담이 두렵지만 않다면 맨땅에 헤딩하기도
그리 나쁘지 않은 일이다. 왜냐하면 당신이 쉽다고 생각한 일이
어려운 일에 도전한다고 해서 어디론가 달아나거나 사라지지
않기 때문이다. 또 이루기 어려운 일에 도전을 해서 실패를
경험한다 해도 그 경험이 당신에게는 쓰라리겠지만 그 쓰라림은
상처가 아물며 당신을 더 단단하게 만들어 줄 것이고, 그로 인해
더 탄탄한 토대가 생긴 당신은 당신이 생각한 '삶의 집'을 좀 더
쉽고 튼튼하게 지을 수 있을 테니 말이다.

맨땅에 헤딩하라.
머리가 깨지면 빨간약을 바르고
또다시 맨땅에 헤딩하라.
당신이 원하는 것, 당신이 원하는 행복,
노력 없이는 이루어지지 않는다.

처음에는 안 그랬다고

상냥하고

늘 잘 웃어 주고

자신의 말도 잘 들어 주고

언제나 손 꼭 잡아 주고

365일 늘 활짝 핀 꽃처럼

좋은 사람이었다고.

그런데 왜 불만이야?

지금도 물론

상냥하게 잘 웃어 주고

자신의 말도 잘 들어 주지만

예전같지 않게 가끔은

찬바람이 분다고

투정을 부리는 후배 녀석.

아이쿠! 이 녀석아.

365일 활짝 피어 있는 꽃은

향기 없는 조화밖에 없어.

어떤 한 사람이 있다.

그는 불의의 사고를 당해 전신마비로 병원 침대에 누워 있다.

약물 치료를 계속해 나가겠지만 이런 경우에 약물은 옆에서 거드는

역할뿐이고, 결국은 환자 본인의 재활 의지가 가장 중요하다고

담당 의사가 말했다. 전신마비의 환자가 오랜 시간 노력해서 처음으로

할 수 있는 것이라곤 고작 엄지발가락을 아주 조금 움직이는 것뿐이었다.

하지만 환자는 낙담하지 않았다.

엄지발가락의 작은 움직임을 희망이라고 생각했고,

열심히 노력한 끝에 발가락을 자유롭게 움직일 수 있었다.

그 다음은 무릎에 힘을 주는 것이었다. 처음 엄지발가락을

움직일 수 있게 됐을 때보다 더 힘든 시간이었다. 하지만 그는

포기하지 않았다. 왜냐하면 그는 이미 엄지발가락을 통해

자신의 노력의 의미를 알고 있었으니 말이다.

포기하지 않고 부단히 노력했고, 또 언제부터는 발을 허공을 향해

조금 들어 보일 수 있게 되었다.

그 다음은 손, 그 다음은 상체 순으로

지겹고 힘든 시간이었지만 견뎌냈고 오랜 노력의 시간을 통해

그는 이제 보통 사람처럼 거리를 거닐며 환하게 웃을 수 있게 되었다.

오랜 재활의 시간 동안 미리 낙담하거나 노력을 게을리했다면

그는 지금도 병원 침대에 누워서 지내야 했을 것이다.

모든 것을 잃었다고 생각할 때,

실연의 상처가 깊어서 꼼짝도 하고 싶지 않을 때,

세상의 수많은 사람들 중 나만 혼자라고 느낄 때,

이제 그만 모든 것을 놓고 싶을 때,

누구의 위로도 자신의 깊은 상처를 낫게 하지는 않으며,

훌훌 털고 언제 그랬냐는 듯이 아프지 않던 시절로

바로 돌아가기도 쉽지 않다.

그때 당신이 해야 할 일이 바로

엄지발가락 하나를 움직여 보는 것이다.

발가락을 까닥까닥 움직여 보고, 잘 움직인다면
그것을 '현재의 희망'이라고 생각해도 좋다.
한꺼번에 모든 일이 해결될 수는 없다.
아주 작은 희망을 가지고 아주 조금씩 움직이면 된다.
한 번에 몸을 일으킬 생각도 하지 마라.
아주 조금씩
아주 조금씩
다시 희망을 찾으면 된다.

언제든 희망을 잃지 마라.
엄지발가락이
조금이라도
움직여진다면.

∩

내 주변에는 재능은 넘치는데 그 재능을 주변 사람들이
알아차리지 못하거나 스스로 증명하지 못하여 자신의 재능을 세상에
마땅히 펼치지 못하고 세월에 밀려 점점 그 빛을 잃어가며 사는 이들이
꽤 많다. 그들의 공통점은 자신의 재능이나 능력을 다른 사람도 아니고
스스로가 의심한다는 것이다. 자신의 능력이나 재능을 과신해서
망치는 경우도 많지만, 스스로를 믿지 못해서 가지고 있는 재능이나
능력이 점점 빛을 잃어가며 소멸한다는 것은 옆에서 지켜보는 이로서는
슬프고 안타까운 일이다.

예를 들자면, 프로야구 선수 중에도 이름은 밝힐 수 없지만
꽤 많은 선례가 있다. 몸을 푸는 불펜에서는 150km가 넘나드는
강속구를 포수 미트로 잘 꽂아 넣다가 막상 마운드에 올라가서는
구속도 현저히 줄어들며 평범한 공으로 제대로 된 스트라이크도
못 던지고 볼만 남발하다 주변의 기대와는 달리 쏠쏠한 모습으로

마운드에서 내려오는 이른바 '불펜 선동열'들은 어느 시대에나 있었고,
타자들도 2군 경기에서는 1군으로 올라가기 위해 함께 경쟁하는
동료들과 격이 다른 스윙으로 연일 홈런을 쳐대다가도 막상 1군에
올라와서는 상대 투수의 이름값에 눌려 제대로 된 스윙 한 번 못하고
삼진으로 물러나 다시 2군에 내려와 '2군 이승엽'이라는 애칭으로
역시 쏠쏠히 프로에서 퇴장하는 경우도 빈번하게 봐왔다.
겸손은 삶을 살아가는 데 분명 좋은 미덕이다. 하지만 그 겸손이
지나쳐서 자기비하에 이르고 그로 인해 자신의 재능과 능력을 제대로
발휘하지 못하고 빛을 잃어가는 것은 안타까움을 넘어 슬픈 일이다.
큰 무대에 발을 들이고는 떨다가 기회를 놓치는 것은, 그동안의
노력을 허사로 만드는 것은 자신의 삶에 있어 중대한 범죄이다.

잊지 말아야 한다.
넌 이유가 있어서 여기까지 온 것이다.

안개

_

≡

마음이 떠나면
1만 남는다.

내 메시지를 확인하지
않았다는 그 사람의 1.

감정도 물건처럼

살 수만 있다면,

나는 행복을 매일 현찰로 살 것이다.

연말정산을 위해 물론 현금영수증도

발행받고, 그리고 행복을 매일 사고도

돈이 조금 남는다면 그 돈으로 희망이라는

적금도 조금씩 부을 예정이다.

그렇게 미래는 희망으로

오늘은 행복으로 살 것이다.

감정도 물건처럼 살 수만 있다면,

고통과 슬픔은 무이자 12개월로.

농구를 잘하고 싶은데
농구를 못하는 것은 너의 죄가 아니다.
공부를 잘하고 싶은데
공부를 못하는 것 또한 너의 죄가 아니다.
무언가를 잘하고 싶은데 못하는 것은
삶에 있어서 누군가에게도 죄가 될 수 없다.

죄가 될 수 있는 한 가지는
당신의 삶 속에서 당신이 하고 싶은 것이
아무것도 없다는 것이다.

아이가 시험을 봤다.
미술은 100점, 수학은 25점을 받아왔다.
당황한 아이의 엄마는 아이의 손을 끌고
학원으로 달려가 수학교실에 등록을 했다.

자신의 아이가 부족하다고 생각한 것을 채우기 위해
더 많은 비용과 더 많은 시간을 수학교실에 쏟는다.
난 궁금하다.
미술이 100점인 아이가 왜 엄마의 손에 이끌려
재능이 없는 수학교실에 앉아 있는지가 말이다.
내가 아이의 엄마라면 미술학원에 보내
100점 맞은 재능을 꽃피우게 할 것이다.
왜 부모들은 자꾸 100점을 버리고
25점을 선택하는 것일까?

입버릇처럼 말하는 친구가 있다.

"냅둬, 난 이렇게 살다 이렇게 죽을래."

물론 내 삶이 아니고 그의 삶이니까

그가 어떻게 살든 내 상관할 바는 아니지만,

재능이 넘쳐나는데도 방치하며 사는 그런 친구들을 보면

무척이나 아쉽고 안타깝다.

세상을 사는 대부분의 사람들이 갖고 태어났으면 하는

바람이 있었으나 아무에게나 주어지지 않은 것이 재능이기에,

그렇게 쉽게 자신의 재능을 내동댕이치듯 말하는 그를 쳐다보는

내 눈은 시장 좌판에 아무렇게나 깔려서 누군가에게 팔려나가기만을

기다리는 죽은 생선을 바라보는 듯한 눈빛이다.

바다를 헤엄쳐야 할 녀석이 죽은 몸으로

시장 좌판에 널려 있는 모습은 안쓰럽다.

죽은 물고기만이 물살에 몸을 맡기는 것이다.

이전부터 나는 누군가가 멀리 떠날 때마다 작별의 선물로 나침반을
선물하곤 했다. 문방구에서 흔히 살 수 있는 나침반을 선물했던 것은
아니었고, 발품을 팔아가며 수많은 곳을 찾아다니며 뒤져서 찾아낸 꽤나
예쁘게 디자인된 나침반들이었다. 대부분의 선물은 다 기쁘다.
받은 사람은 물론이고 준 사람도 기쁜 것이 선물이다.
심지어 내가 좋아하는 사람에게서 받은 선물이라면 더더욱 그렇다.
하지만 받고 나서 이 선물을 자신에게 왜 주었는지 의아한 기분이 드는
선물도 있다. 내 나침반 선물이 그랬을 것이다.
많고 많은 선물 중에 왜 나침반이냐며 반문하는 사람들을 위해
나침반을 넣은 네모 상자 안에 손글씨로 적은 작은 편지를 동봉했다.

'어디에 가서든 네가 가고자 하는 방향을 잃지 말고 살아.
길을 잃었거나 가던 길이 너무 힘들면 내게 다시 돌아와도 괜찮아.
이 나침반은 너에게 방향을 알려 줄 것이고,
네가 내게 다시 돌아오는 길도 가리켜 줄 거야.'

많은 사람이 내게서 떠나갔다. 그중에는 앞에서 언급한 것처럼
내게 나침반을 선물로 받아서 떠난 사람도 있고, 사이가 나빠져
마음부터 멀어지며 내게 선물로 나침반을 받지 못하고 떠난 이도 있다.
그 사람들 중에는 내 나침반의 바람대로 자신이 원하는 방향대로
잘가고 있는 사람도 있고, 엉뚱한 곳에서 길을 찾지 못하는 사람도 있다.

난 많은 사람들에게 나침반을 선물했지만, 누군가에게서 나침반을
선물로 받은 기억이 없다. 스스로에게 나침반을 선물한 기억 또한 없다.
먼 길 떠나는 이에게 좋은 선물이라고 생각하며 선물했지만 정작
스스로에게는 그 선물을 주지 않았던 것이다. 누군가에게 나침반을
선물로 주며 '길 잃지 말라고' 당부했던 말처럼 나는 길을 잃지 않고
살고 있는 것일까? 내 나침반이 가리키고 있는 방향은 어느 곳인가?
가끔 어디로 가야 할지 모르는 나는 길 위에서 헤매고 있다.

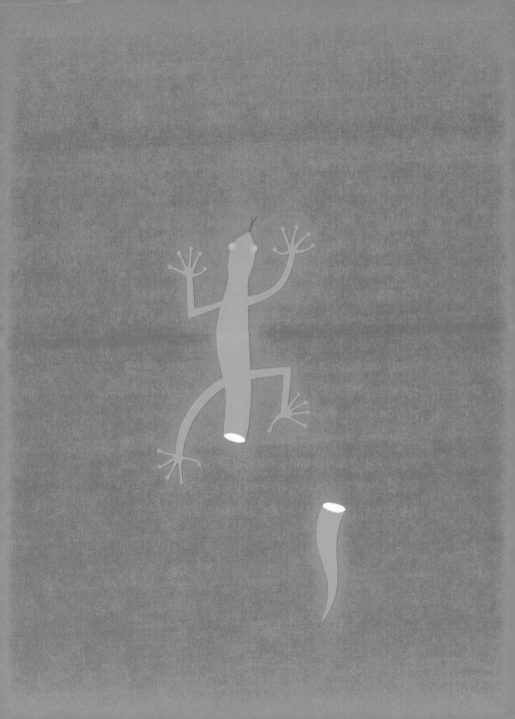

당신이 너무 그리운 날에는
눈을 감았다.
눈을 감고 미동 없이 있으면
어둠 속에서 당신의 얼굴이
점점 선명해졌다.

당신이 너무 그리운 날에는
눈을 감는다.
눈을 감고 미동 없이 있으면
어둠은 점점 더 어두워지고
이내 잠이 온다.

늙으니 눈을 감으면 잠이 온다.
육신만 늙어야 하는데,
그리움도 늙어 버렸다.
요즘 유행어처럼 웃프다.

56

" 그림은 언제 완성되는 거죠? "

젊은 화가가 나이 든 화가의 그림을 보며 물었다.

"그 질문에는 그림이 대답해 줄 거야.
내가 미리 알려고 할 필요가 없는 것이지.
세상의 모든 성과들이 그래. 끝이 언제인지,
완성이 언제인지는 그 성과물이 자네에게 알려 줄 거야.
그때까지 자네는 묵묵히 계속해 나가면 되는 거야.
미리 알 필요도 없는 질문들로 스스로 지칠 필요는 없으니까."

존경이란, 성과를 갖고 판단하는 것이 아니다.
그 성과를 내기 위해 기나긴 시간 동안 노력해 온
그 과거의 시간에 대한 존경이다. 그래서 우연히 쌓아진
성과물이나, 누군가가 쌓아 놓은 반석 위에 조그만 성과물을
얹어 놓고 으스대는 사람들을 우리는 존경하지 않는 것이다.

hurdle

나의 삶은 조금 민망하다.
이생의 삶이 끝나면 천당과 지옥
둘 중에 한 곳으로 간다는데
내 삶은 천당에 가기에는 조금 민망하고
지옥에 가기에는 조금 억울하다.

살면서도 이 길이 맞는지
아니면 다른 저 길이 맞는지
늘 헤매던 나는 죽어서도
천국과 지옥 어디로 가야 할지
몰라서 헤맬 것 같다.

우물쭈물하는 사이
또 혼이 날 것 같네.

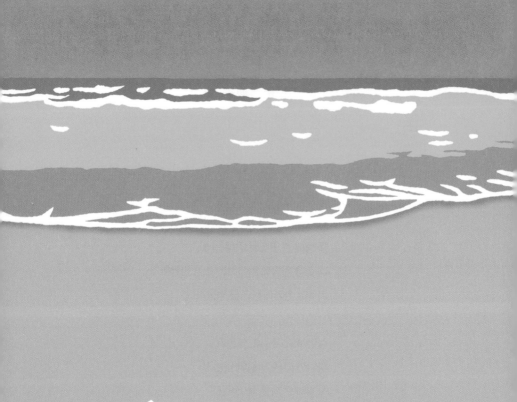

≡

약속 시간에 늘 늦는 사람이 있다.

약속 장소에 도착해서 하는 변명도 늘 비슷하다.

"왜 이렇게 막히는 거야?

이럴 줄 알았으면 전철을 탈걸 그랬어."

답을 알고 답대로 행하지 않으면서도 투덜댄다.

차를 타고 어딘가로 향할 때

내 차의 속도를 높이지만 않는다면,

내 앞길은 언제나 막히지 않는다.

속도를 줄이고 내 옆을 스쳐 지나가는 것들을 느껴라.

정해진 시간에 어딘가에 꼭 도착해야 한다면

다른 이들보다 먼저 출발하라.

최근에 신종 범죄가 발생했다.
한국조폐공사에서 10원짜리 동전을 만드는 데
총비용 35원이 든다. 상품으로 치자면,
10원짜리 상품을 만드는 데 3.5배의 비용을
지불하고 만드는 셈이다. 이 점을 악용해서
10원짜리 수천만 개를 사들이고 그것을 녹여서
구리로 만든 후 되판 일당이 잡힌 것이다.
무릎을 탁 치게 만드는 아이디어도 좋고
사람들이 미처 생각하지 못한 신종 범죄였다.

우리들의 인생은 10원짜리 동전과 같다.
10원어치의 노력을 해서 우리가 겨우 얻을 수 있는
성과물은 10원 미만의 가치다.
살면서 몸으로 얻은 교훈이니 분명하다.
35원쯤의 노력을 해야만 겨우 10원어치의 성과를
얻을 수 있다고 10원이 우리들에게 교훈을 주고 있다.

아프니까 청춘이다? 나이 들어 생긴 노안이며,
바람만 불어도 아프다는 통풍을 오랜 지인처럼 여기면서 친하게 지내며
사는 나이지만, 나이가 들며 생겨난 그 밖의 크고 작은 아픔을 병명까지
나열하며 나보다 젊은 친구들에게 내가 더 아프다고 외치고 싶지 않다.
'이렇게 힘든 세상을 물려줘서 기성세대로서 미안하다'고
또 어떤 염병할 놈들은 짐짓 슬픈 눈으로 젊은이들에게 되지도 않는
위로를 건네곤 하지만, 짱구를 아무리 굴려 보아도
위로인지 놀리는 건지 당최 알 수가 없다.
10년 전에도, 20년 전에도, 30년 전에도 그리고 100년 전에도
모든 청춘들은 치열했고 단 한 번도 녹록했던 청춘은 없었다.
청춘을 통과하며 생을 토론하며 치열했고,
취업하기 위해 치열했고,
사랑하며 치열했고,
행복하게 살기 위해서 치열했다.

지나고 나서야 알게 되었지만 난 대학 시절이 가장 치열했다.
당시의 난 명확한 꿈이 뭔지 모르면서도 꿈을 위해 그림을 그린다며
일주일의 반 이상을 밤을 새워 가며 그림을 그렸다.
분명 물리적으로 힘든 것이 당연했지만 난 힘들다고, 아프다고,
치열하다고도 느끼지 않았다.
그저 행복했다. 내가 하고 있는 일이 좋아서 무엇을 위한 일인지도
모르면서도 밤을 새워서 그림을 그리고 또 그리며 행복했다.
취업을 위한 일도 아니었고, 누군가에게 보이기 위한 일도
아니었고, 또 무엇이 되고 싶다는 명확한 생각도 없을 때였지만
분명 그때의 난 가장 치열했고 가장 행복했다.

청춘이어서 아프다는 젊은이들에게,
힘든 세상을 살아 나가기가 버겁다는 청춘들에게,
스펙을 쌓아도 취업이 어렵다는 취업전선에 선 이들에게,
지금 얼마나 치열한지 묻고 싶다.

지금보다도 더 살기 어려운 그 어떤 시대에도
잘 살아 내던 사람들은 늘 존재했다.
아프다고, 힘들다고, 어렵다고 이제 그만 징징대기를 바란다.
진짜 치열했던 사람들은 아픈 것, 힘든 것, 어려운 것을
느낄 사이마저 없었다.
그 모든 치열했던 시간이 지나가고 비로소 마음에 안정감이 들 때에서야
자신이 얼마나 아프고 힘들었는지를 문득 알게 된다.
그리고 그때가 가장 행복했던 순간임을 깨닫고 미소를 짓게 된다.

싸워라.
너는 한 번이라도 자신만의 힘으로 이겨서
승리를 쟁취한 적이 있었는가?
위로는 경기가 끝나고 링에서 내려와 들어도 된다.

내겐 세상이 링이다.

썩은 것을 썩었다고,

어둠을 어둠이라고 누가 말하지 못하겠는가?

썩은 것을 썩었다고, 어둠을 어둠이라고 말하지 못하는 이들의 대부분은

같이 썩었거나 같이 그 어둠에 있는 사람들이다.

세상을 살면서 무언가를 잘못한 사람 혹은 집단을 멀리에 서서

손가락질하는 것만큼이나 쉬운 일이 어디 있던가?

우리가 해야 할 일은

그 썩은 것들을 걷어내어 푸르게 만드는 일이고

어둠 속에서 스스로 빛이 되어 어둠을 밝히는 일이다.

행복은 우리의 것이 아니다.

내가 생각하는 행복은 '나의 것'이다.

행복은 개별적인 감정이고

그 개별적인 감정을 누군가와 나누면서

잠시 잠깐 '우리의 행복'이라고 느낄 수도 있겠지만,

행복의 본질은 개인의 것이다.

그래서 한 가정을 이루는 구성원을 살펴본다면

남편의 행복, 아이의 행복, 본인의 행복이 각기 다 개별적인 행복인 것이다.

주부 우울증을 앓는 주부들의 공통점을 살펴보면

개별적인 행복을 모르고 '우리의 행복'이라는 스스로 친

울타리 안에서만 살다가, 남편과의 대화가 적어지고

다 커버린 아이들이 자신의 품을 떠나면 '우리'라는

행복의 울타리가 무너짐과 동시에 자신의 행복도 깨졌다고

믿으며 큰 상실감을 느끼는 경우가 종종 있다.

'네가 행복해서 나도 행복해'라는 감정은 잘못된 감정이다.
내가 아는 행복은 '내가 이렇게 해서 너의 이런 모습을 보니
내가 행복해'가 맞는 감정이다. 행복 안에 '우리'가 없지는 않다.
하지만 더 바람직한 행복은, 행복한 남편과 행복한 아내와
그리고 행복한 아이가 한집에 모여 사는 모습이 아닐까?

우리는 이제 각각의 행복을 인정해야 한다.
그리고 스스로 행복할 수 있는 방법들을 배워 나가야 한다.
주부들은 남편에게, 자식에게, 자신의 모든 행복을 걸어서는 안 된다.
소소하게 화분 키우는 행복도 느끼고, 옛 친구들을 만나서 수다를
떨며 소녀 시절의 행복도 느껴야 한다. 봄이 오면 꼭 가족과
함께가 아니라도 꽃길을 걸으면 행복해야 한다.
남편이 꽃길을 싫어하고 소파에 누워 있는 것이 좋다면,
그를 억지로 끌고 나가지 말고
그 역시 소파에서 그의 행복을 누리게 두어라.

행복의 빛깔은 다 다른 것이다.
각자가 모두 행복할 수 있도록 서로를 돕고,
본인 스스로는 자신의 행복을 늘려 나가며
자신의 행복에 최대한 충실한 삶을 살아야 한다.

우리들은 행복하고자 살면서도
자신의 행복을 고민하지 않으며 살고 있다.

*이번 책에서 많은 인세가 들어온다면 나는 더 안락한 소파를 거실에 들일 것이다.

가정식백반 간판을 보고
가정식백반을 먹으러
가정식백반 집으로 들어간다.
메뉴라고는 가정식백반밖에 없는 곳에서
가정식백반을 시켜 먹는다.
가정식백반은 언제나 맛있다.
가정에서 매일 이렇게 먹었으면 하는 희망을
가정식백반을 먹으면서 가져본다.
나는 가정도 없는 사람이 아닌데
가정에서 가정식백반을 먹은 기억이 없다.

나란 사람은.

한때 최고의 주가를 올리던 50대 중반의 개그맨이
선후배들과 함께 자리한 희극인 모임에서 푸념처럼 이야기했다.
"이제 내 전성기는 끝난 것 같아."
그의 그런 이야기를 듣고 구석에서 조용히 술을 드시던
1927년생 송해 선생님이 그를 향해 일갈하셨다.
"인생 전반전도 안 끝난 녀석들이 뭔 전성기를 논하는 거야?"

'끝'이라는 것은 타인이 정해 주는 것이 아니다.
본인 스스로 정하는 것이 진정한 끝이다.
남들은 끝이라고 말해도 자신이 끝이라고 생각하지 않고
포기하지 않는다면 그 불씨는 언제든 남아 있는 것이다.
산의 대부분을 태우는 큰불도 처음부터 큰불은 아니다.
작은 불씨도 적당한 바람만 불어 준다면 그 누구도 상상할 수 없는
큰불이 되어 걷잡을 수 없게 되는 것이다.

It is better to burn out than fade away.

난 헌병대를 나왔다.

내가 헌병대를 나왔다고 하면 키도 크지 않은 네가 어떻게
헌병일 수 있냐고 반문하며 믿지 않았지만, 헌병대에는 사람들이
익히 알고 있는 근무병만 있는 것이 아니고 여타 부대처럼 행정반에
근무하는 행정병도 존재하며 나처럼 조사계에서 근무하는 병사도 존재한다.
자신이 맡은 보직만 다를 뿐 모두 헌병인 것이다. 군복무를 할 때
다른 부대도 그랬는지 알 수 없지만, 우리들이 생활하는 내무반 안 구석에는
각 병사들의 총기가 나란히 세워져 있었다. 총은 실탄이 장착되어 있지
않은 빈총이었고, 사격 훈련이 있을 때나 총기 수리를 할 때를 제외하고는
만질 일이 거의 없었다. 총이란 사회에서 흔히 접하기 어려운 물건이어서
가짜 총을 사서 일부러 산을 힘들게 뛰어 다니며 군인 놀이를 하는
사람들도 꽤나 있지만, 군대는 각 내무반마다 총이 있어서 신기하지도
가지고 놀 만한 물건도 아니었다. 그래서 군대 시절 총은 내무반의
그 자리에 늘 있는 장식과 같은 물건이었고, 누군가 특별히 관심을
가지고 만지는 경우도 드물었다. 단 한 사람만이 예외였다.

총에 관심을 가지던 그는

정비대대에서 헌병대 운전병으로 전출을 왔고

그의 보직은 헌병대 조사계 계장님의 운전병이었다.

군대 오기 전 그는 제법 잘사는 집안의 자제였고, 한국에서 대학을

다니다가 미국으로 유학을 가서 버티세 작전으로 군대를 미루고 미루다가

서른이 넘어 군대에 오게 된, 상병치고는 아주 늙은 유부남 군인이었다.

나이 들어서 군대에 와 초반에는 좀 고생했다고 본인은 말했지만

같은 부대 중사와 비슷한 나이에다 병장들이 부탁한 물건들을 자비로

밖에서 사서 나르며 기존 권력과 결탁하던 그였기에 대부분의 부대

일에서 열외되어 편하게 군대 생활을 하였다. 부대에서의 일이라곤

조사계 계장님의 출퇴근 시간에 맞춰서 운전하는 것이 고작이어서

대부분의 일과 시간에는 유령처럼 부대 안을 떠돌았는데,

20대 중반에 군대에 온 내가 비교적 자신의 처지와 비슷하다고 생각했는지

심심할 때면 내게 다가와 말을 많이 걸었다.

이야기의 대부분은 유학 시절의 경험이었고 대체 어떤 유학을

다녀왔는지 의심될 정도로 대부분의 이야기는 사막에 가서 총을 쏴 본
경험들의 반복이어서 내가 내용을 다 외울 정도였다.
무슨 연유에서인지는 몰라도 그는 유난스럽게 총에 집착했다.
심심할 때면 내무반에 있는 총을 꺼내서 창밖 나무에 앉아 있는 새를
겨누고 입으로 "탕! 탕!" 소리를 내며 노는 모습이 목격되는 것은
흔한 일이었고, 가끔은 내무반으로 근무를 마치고 돌아온 동료 병사에게
빈총이었지만 총구를 겨누는 자세를 취하곤 해서 사람들을 놀라게 했다.
나 역시 그에게 그러한 일을 당해 봤는데, 실탄이 장전되어 있지 않은
총이라는 것을 알면서도 흠칫하며 놀라게 되고 기분 또한 좋지 않았다.
그의 행동에 화를 내며 그러지 말라고 하면, 그는 "총알도 없는데
뭘 그리 기분 나빠하는 거야?"라고 도리어 역정을 냈다.
그는 그 버릇을 못 고치고 총을 가지고 몇 번 더 장난을 치다가 결국
헌병대 대장한테 발각되어 보름 동안 영창에
다녀온 후에야 못된 버릇을 고치게 되었다.

우리 모두는 실탄이 장전되어 있는 총이다.

총은 사람의 육체를 해하지만, 우리들이 지닌 '입'이라는 총은

사람의 영혼을 해하는 총이다. 몸에 생긴 상처는 아물면 그뿐이지만,

마음의 상처는 쉽게 치유되지 않는 법이다.

친구를 만날 때, 그리고 사람들을 만날 때, 그 누군가의

영혼에 상처 입힐 수 있는 총은 집에 두고 나와야 한다.

지금이 전시 상황이 아니라면 말이다.

" 네가 어떻게 나한테 이럴 수 있어? "

누군가가 또 다른 누군가에게 분개하며 이렇게 말한다.
그런 말을 들을 때마다 나는 이런 말을 해주고 싶었다.

"그럴 만한 사이니까 그랬겠지."

별 사이도 아닌 사람들이
꼭 우정을 논하고 우정을 말한다.

좋은 결과는

좋은 마음만으로는 안 된다.

좋은 마음으로
좋은 결과를 얻을 수 있다면
누가 그러지 않겠는가?

좋은 결과는
좋은 마음과 그 마음의
크기를 넘어서는 노력이 뒤따라야 한다.

별다른 노력 없이
단지 좋은 마음으로 좋은 결과와
누군가가 자신의 뒤를 따라주기
바라는 것은 나쁜 마음이다.

성공 : (명사) 목적하는 바를 이룸.

성공이라는 단어의 사전적인 의미이다.

사람들에게 어떻게 살고 싶으냐고 물어보면 대부분의 사람들은

'행복하게 살고 싶다'고 대답한다. 그들과 사는 것이 별반 다를 바 없는

나 역시도 그들처럼 '행복하기 위해' 살며, 아주 특이한 몇몇의 사람을

제외하고는 세상을 사는 모든 이들의 공통된 희망사항일 것이다.

삶에서 행복해지고 싶어 하는 그들에게 '성공'의 의미를 물으면

〈돈이 많거나〉, 〈존경받는 위치에 있거나〉, 혹은 〈세상 사람들이 모두

알아보는 유명한 사람이 되는 것〉, 이른바 '사회적인 성공'이라고

답한다. 하지만 행복이란 돈이 많아도, 존경받는 위치에 있어도,

모든 사람이 알아보는 유명한 사람이 된다 해도 보장되는 것은 아니다.

어쩌면 불필요하거나 혹은 필요하다고 할지라도 아주 조금 필요한

정도일지도 모른다. 그런데도 사람들은 사전적인 의미와 다른 성공을

자신들이 행복하기 위한 첫 번째 조건쯤으로 생각하며 산다.

어린 시절 만화방 주인이 되어 만화방을 지키며 신간만화를 매일
볼 수 있게 되는 것이 꿈이었던 사람이 지금 만화방 주인이 되었다면
그는 어린 시절의 꿈을 이룬 성공한 사람이다.
가슴을 모두 시커멓게 만들던 첫사랑과 수많은 우여곡절 끝에
결국 결혼까지 가며 사랑의 결실을 맺은 이도 목적하는 바를
이루었으니 성공한 사람이다. 사전적인 의미처럼 성공이란 우리가
생각하는 것처럼 대단히 거창한 일만은 아닐 것이다.
작은 성공에도 크게 기뻐하며 산다면 인생에서 가장 큰 목적인
'행복'에 이르기가 더 쉬울 것이다. 성공의 의미를 사전적인 의미와
조금 다른 '사회적인 성공'에만 가치를 둔다면 그 삶은 다른 이들의
삶보다 더 고단하고 덜 행복할 것이다.

자신의 목적이 무엇이었는지도
모르는 성공은 무가치한 것이다.

ㄴ나는 미술대학 재학 시절에 내가 고등학교 시절 그림을
배우기 위해 다니던 미술학원에서 실기 강사를 한 몇 년간의 경험이 있다.
지금은 많이 달라졌지만 당시 대부분의 4년제 대학들은 석고 데생과
구성으로 대학 입학 실기 시험을 봤고, 전문대를 지원하는
학생들은 시험을 앞두고 속성으로 배우는 학생들이 대부분인지라
학생들을 선발하는 전문대에서도 그런 연유에서인지 빨리 익힐 수 있는
정밀묘사로 실기 시험을 봤다.
당시 내가 강사로 나가던 학원에서는 석고 데생은 원장 선생님이
가르치셨고, 나는 전문대 입학을 목표로 하는 학생들을 가르쳤다.
오랫동안 학원에서 그림을 배우다 전문대를 목표로 삼고 정밀묘사를
배우는 학생들도 있었지만, 꽤 많은 지원자들은 단 한 번도 체계적으로
그림을 배우지 않다가 시험을 서너 달 앞두고 온 학생들이 대부분이었다.
데생과 정밀묘사는 근원적으로는 같은 부분도 많지만 실제로는 다른
부분도 많아서, 데생을 오랫동안 공부한 친구들도 초반에는 방향을 못
잡아서 헤매는 경우가 허다했다.
그림을 오랫동안 배운 친구들도 그러하니 체계적으로는 처음 그림을

배우는 친구들은 학원에 온 지 며칠 지나지 않아서 자신의 생각과 많이
다른지 얼굴이 허옇게 질려서 학원에 오곤 했다.

얼굴이 허옇게 변한 친구들 대부분이 학교에서 그림 좀 그린다는
친구였을 것이고, "너 미술에 소질이 좀 있는 것 같아."란 말을
귀에 딱지가 앉도록 들었을 텐데, 자신의 생각과 너무 다른 현실에
어찌해야 할지를 모르는 듯했다. 가뜩이나 시간이 없는데
그렇게 허옇게 질린 얼굴로 멍하니 이젤 앞에
앉아 있게 만들 수는 없었다.

매일매일 어떤 물체를 제시하고 그것을 정밀묘사하도록 시험을 봤다.
시험이 끝나면 학생들을 한 자리에 다 모아 놓고 잘 그린 친구들의
그림은 어떤 부분이 잘 그렸다는 것을 상세히 설명해 주었고, 못 그린
그림은 어떤 부분이 잘못된 것인지를 알려 주려 노력했다.

그렇게 각자의 그림에 대해 논평을 해주면서 약간의 리터치를 곁들이며
학생들의 이해를 돕기 위해 노력했다.

그렇게 한 달이 조금 더 지났을 즈음, 수업 시간 전에 학원 원장
선생님이 나를 따로 찾아 조심스럽게 이야기를 했다.

"박 선생, 학생들이 박 선생한테 불만이 많더라고."

난 원장 선생님의 말에 적지 않게 당황했다. 내 스스로는 학생들을

열심히 가르치고 있다고 생각했는데 불만이 있다고 하니 당황할 수밖에

없었고, 그래서인지 섭섭한 마음을 억누르지 못하고 원장 선생님께

나도 모르게 그만 하이 톤으로 이유를 물었다.

"왜요? 뭐가 불만이라고 하나요?"

원장 선생님은 대답 대신 내 마음이 가라앉기를 기다리는 것처럼

대답을 늦췄다가 흔들리던 내 눈빛이 조금 진정되었을 때 대답했다.

"나야 박 선생이 왜 그렇게 가르치는지 알지. 하지만 박 선생한테 불만이

있는 것을 원장이랍시고 내가 해명하기는 그렇더라고. 학생들의 불만은

다른 학원에서는 중간중간에 그림을 선생님들이 고쳐 주며 이해를 돕는데,

박 선생은 그림이 다 끝난 후에 설명하며 리터치해 주는 것을

못마땅해 하더라고."

그 말을 한 후 빙긋 웃으시며 다음 말을 이었다.

"심지어 몇몇 학생은 박 선생이 진짜 실력은 있느냐고 원장인 내게

따져 묻더라고. 나야 박 선생 실력 아는데, 어쩌지?"

당시의 나는 학생들에게 선생님이라고 불리고는 있었지만 고작 스무 살이
갓 넘은 청년이었고, 원장 선생님의 말에 분기탱천할 수밖에 없었다.
"제 학생들이니 제가 알아서 잘 하겠습니다. 그리고 오늘 이후에도
그런 이야기가 나오면 제가 강사 일을 그만두겠습니다."

원장 선생님과 이야기를 마치고 학생들이 있던 정밀묘사 반으로
들어가니 학생들이 책상에 앉아서 내 눈치를 살피고 있었다.
학생들은 내가 원장 선생님과 어떤 이야기를 나눴는지 잘 알고 있었고,
자신들의 의견이 반영되어 수업 방향이 어떻게 바뀔까 궁금해하는
표정이었다. 내 방식을 못 믿어 주는 학생들에게 조금 화가 났지만,
나 역시 처음 그림을 배울 때 선생님들의 수업 방식에 이런저런 불만을
가졌던 기억을 떠올리며 얼굴에 미소를 띠고 말했다.
"자 오늘도 언제나처럼 시험이다. 다들 도화지를 꺼내라."
내 말에 학생들이 웅성거렸다. 자신들이 원장 선생님에게 나에 대한
불만을 이야기했고, 그로 인해서 내 방식이 지금까지의 방식과 좀
달라질 줄 알았는데 전과 달라지지 않는 것 같아 원망과 실망의 소리가

여기저기에서 터져 나왔다.

"자, 대신 오늘은 내가 너희들과 동시에 시험을 치르겠다.

내가 너희와 같은 주제로 시험을 치르는 의미는 너희들이 내 실력을

의심하니 내가 너희들을 가르칠 수 있는 자격이 있는지에 대한

시험이다. 그리고 너희들에게는 전과 동일하게 세 시간의 시험 시간을

줄 것이고, 나는 너희들의 선생님이니 한 시간 동안만 시험을 치르겠다.

시험이 끝난 후, 나와 너희들의 결과물을 가지고 너희들

스스로가 내가 선생으로서의 자격이 있는지 판단해 주길 바란다."

시험은 긴장감 속에서 세 시간 동안 치러졌으며, 나는 학생들에게 약속한

대로 한 시간 만에 끝냈다. 시험이 끝나고 학생들이 그린 그림을 전부

칠판에 붙였고, 그 옆에 한 시간 동안 그린 내 그림을 붙였다.

내 그림을 붙이자 학생들에게서 '우와~!' 하는 탄성이 터져 나왔다.

학생들의 탄성이 터져 나온 순간 우쭐했지만 나는 짐짓 무표정한

얼굴을 하고 학생들에게 말했다.

"너희들이 그림을 그리다 막히는 순간마다 선생님인 내가 대신 앉아서

그림을 고쳐 주면 너희들 혼자 완성한 그림보다 훨씬 더 좋은 결과물을

얻을 수 있을 거야. 하지만 그 그림은 너희들의 그림이 아니란다.
그런데 그렇게 지도를 받은 학생들은 종종 그것이 자신이 만들어 낸
결과물이라고 착각을 하지. 나는 너희들이 그런 착각에 빠져 온전한
자신의 모습을 보지 못하는 것은 대단히 잘못된 것이라고 생각한단다.
누군가의 도움 없이 처음부터 끝까지 혼자서 그 길을 가보지 못한 사람은
또다시 누군가의 도움 없이는 그 길을 온전히 끝까지 갈 수가 없어.
나는 너희들의 선생으로서 너희들이 누군가의 도움 없이도
혼자 처음부터 끝까지 갈 수 있는 사람이 되게 만들고 싶단다."
그날 이후부터는 내 수업 방식에 대해 원장 선생님께 불만을 제기하는
학생은 없었고, 그해 겨울 단 한 명의 학생을 제외하고는
모두 자신들이 원하는 학교로 진학할 수 있었다.

세발자전거를 탄다고 해서 자전거를 탄다고 이야기하기는 어렵다.
쓰러지지 말라고 아빠가 뒤를 잡아 주며 타던 자전거도 마찬가지로
진정한 자전거 타기가 아니다. 뒤를 잡아 주던 아빠의 손을 떠나
자신의 두 발로 자전거 페달을 힘차게 돌리고,

양손으로 균형을 잡으면서 앞으로 나아가며
옆으로 넘어지지 않음은 물론이고,
어디로 가야 하는지도 스스로 정해 나가야 하는 것이
자전거 타기이다.
그 누군가의 도움 없이 자신이 정한 출발점에서
목적지에 다다랐을 때가 비로소 자전거 타기이다.
그렇게 한번 배운 자전거 타기는 수년,
혹은 수십 년이 지나도 절대 잊지 않는 법이다.

나를 만날 때마다 나의 삶이 부럽다는 둥,
넌 그리 운이 좋은데 자신은 왜 운이 없냐는 둥,
기회만 있으면 나 정도는 쉽게 따라잡을 수 있다고
별다른 노력도 없이 만날 때마다 항상 징징대는 그로부터
백 보 정도 멀어진 나는 양손으로
나팔 모양을 만들어서 그에게 소리친다.
"내 말 들려?"
내 행동에 의아한 표정을 지으면서 그는 대답한다.
"어, 잘 들려. 근데 왜 그러는 거야?"
잘 들린다는 그의 말을 듣고 나는 다시 오십 보쯤
더 뒤로 물러나서 다시 손을 나팔 모양으로 만들어 소리친다.

"지금은 어때?"
내 예상치 못한 행동에 그는 언제나처럼 짜증스러운
표정을 짓지만 궁금함에 마지못해 답한다.
"어, 희미하지만 들려. 근데 왜 그러는 거야?"

나는 그런 그에게 마지막으로
나팔 모양을 한 손에 대고 소리쳤다.
"이게 너와 나의 합당한 거리야."라고.

성난 얼굴로 다그칠 필요 없다.
화를 내기보다
조용히 입을 다물고
미소를 지어 보이면
상대가 오히려 당황한 얼굴로
장황하게 하지 않아도
될 말들까지 하기 마련이다.

부처님은 그저
미소만 짓고 앉아 계신데도
그 앞에서 우리들이 스스로의
죄를 고하고 뉘우치지 않는가.

웃으라,
부처님의 미소로.

ㄴㅐㄱㅏ 사인회를 할 때였다.

사인을 해주며 글씨를 쓰자, 옆에서 보고 있던

아주머니 한 분이 글씨가 예쁘다고 호들갑을 떨었다.

그리고 눈을 반짝이며 내 손에 들려 있던 펜의 이름과 출처를 물었다.

"이 펜이요? 아트펜이라는 거고요, 화방에 가면 사실 수 있어요."

내가 대답하자 아주머니는 재차 내게 물었다.

"그 펜만 있으면 선생님처럼 글씨를 쓸 수 있을까요?"

난 아주머니의 물음에 난감했지만, 잠시 망설이다가

"어쩌면요."라고 대답해 주었다. 아주머니는 외우려고 하는지 입 밖으로

"아트펜, 아트펜, 아트펜." 하고 소리를 내면서 중얼거렸다.

그런 아주머니를 한 번 쳐다보며 미소 지어 주었지만,

난 속으로 아주머니에게 질문을 하고 있었다.

'당신이 이승엽의 방망이를 들고 타석에 들어서면

이승엽처럼 홈런을 칠 수 있을까요?'라고.

어쩌면 요행으로 홈런을 칠 수 있을지도 모른다는 엉뚱한 답이
내 머릿속을 맴돌았지만, 그것은 말 그대로 요행이다.
요행은 여러 번 되풀이될 수 없다. 한 번 내지는 많아야
두 번뿐인 것이 요행이다. 숙달된 능력을 가지기 위해서는
당연히 오랜 시간의 노력이 필요한 것이다.

노력이 먼저이고
자신에게 맞는 도구는 그 다음이다.

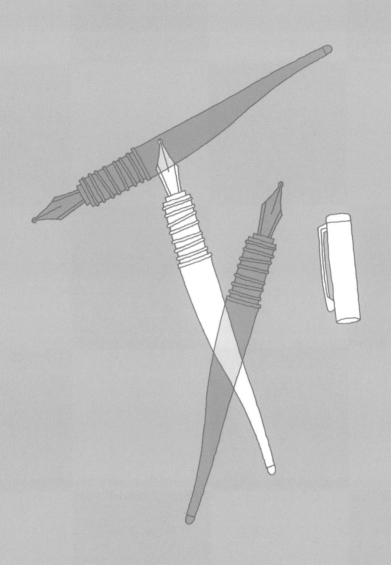

오늘은
맑음

맑음

-

1등이 될 수 없다면, 2등이어도 괜찮아.

2등이 될 수 없다면, 3등이어도 괜찮아.

3등이 될 수 없다면, 4등이어도 괜찮아.

4등이 될 수 없다면, 5등이어도 괜찮아.

5등이 될 수 없다면, 6등이어도 괜찮아.

6등이 될 수 없다면, 7등이어도 괜찮아.

1등도 2등도 아닌 꼴등이면 어때?

1등이어도, 2등이어도, 3등이어도

언제나 행복할 수 없다면

행복한 꼴찌가 더 좋은 거야.

hurdle

행운이나 행복이 스스로
자신에게 찾아와 주길
바라는 사람이 있다.
하지만 세상에 유배되어
세상의 나이로 마흔일곱 해를
살아 보니 이제야 알겠다.
행운이나 행복한 날은 까닭 없이
내 마당으로 날아 들어오는
파랑새처럼 찾아오는 것이 아니었다.
행운도 행복한 날도 원하는 이들이
스스로 만들어야지만 주어지는 것이었다.

그것도 모르고
너무 오랜 시간
기다리고만 있었네.

O 서초동에 있는 제철 신선 해산물을 안주로
차려내는 집에서 약주가 조금 과했던 모양이다.
현관 입구에 벗어 놓은 수많은 구두 중에서 자신의 구두를
찾지 못하고 해산물집 주인아주머니와 설왕설래 중이었다.
보다 못한 주인아주머니가 두 손을 확성기 모양으로 만들어서
식당 손님들을 향해 소리쳤다.
"손님 여러분들, 죄송하지만 제 옆에 계신 신사분이 약주가
조금 과하셔서 자신의 구두를 찾지 못하고 계십니다. 귀찮으시겠지만
잠시 일어나셔서 자신의 신발을 신고 밖으로 나와 주시겠습니까!"
매우 귀찮은 상황임에도 주인아주머니의 말에 사람들은 모두 크게
웃으며 귀찮은 내색 없이 자신의 신발을 찾아 신고 식당 밖으로 나왔다.
식당 안에 앉아 있는 모든 사람들이 식당 밖으로 나오자
그토록 찾아도 안 보이던 구두 한 쌍이 보란 듯이 나타났다.

식당 밖에서 이 모습을 흥미진진하게 지켜보던 손님들은
마치 자신의 신발을 찾은 듯이 기뻐했고, 그 흥으로 그날 식당은
예전의 다른 날보다 훨씬 더 많은 매상을 올렸다는 후문이다.

혼자서는 하기 어려운 일도
사람들이 도우면 즐겁고 쉬운 일이 된다는 것을
잃어버렸던 구두 한 켤레에서 배운다.

○

늦은 밤 버스에서 내려

집으로 향하는 익숙한 골목길을 걷다 멈춰 섰다.

내 발걸음을 멈춰 세운 것은 골목길을 가득 채운 꽃향기였다.

매번 다니던 길이었는데 나는 그 길에서 꽃나무를 본 기억이 없었다.

꽃향기의 진원지를 찾기 위해 주변을 두리번거렸고,

골목 안쪽 담벼락에 기대어 화사하게 핀 꽃나무를 발견했다.

바삐 걸어가던 내게 향기로 말을 건네던 나무.

나무를 바라보며 닮고 싶다는 생각을 한다.

누군가의 바쁜 발걸음을 요란한 소리나

커다란 손짓으로 멈추게 하지 않고

자신의 향기로 멈추게 하는 사람.

그런 사람이 되고 싶다.

hurdle

하느님이 내게
다른 이들을 바라볼 때
너무 날카로운 시선으로 보지 말라며
늙어서도 날 세우고 살던 내게
노안을 주셨다.

hurdle

어느 예능 프로에 나와서 장동민이 말했다.

자신은 '근본적으로 화를 타고난 사람'이라고 했고,

그리고 김구라를 평하면서 '논리에서 나온 화'라고 했다.

또 박명수는 '콘셉트가 화인 사람'이라고 했다.

세상을 살다 보면 화나는 일도 많고

화를 내게 되는 일도 많다. 나도 종종 화를 내던 편이었는데,

굳이 세 사람의 부류에서 내 부류를 찾자면

나는 장동민에 가까운 부류이다.

내 안에 끓는 것이 많아서 그것을 주체 못 하고 밖으로

분출하는 약간은 못된 사람이었다. 요즘은 비교적 예전보다

잘 참고 있어서 주변에서 간혹 칭찬을 듣기도 하지만 예전 버릇을

다 버리지 못하고 가끔 욱하며 화를 낼 때가 있다.

화를 내는 사람들의 일반적인 특징은 본인에게 불쾌감을 제공한

대상에게 그에 상응하는 분노를 표출하지 못하면 왠지 상대방에게

진 것 같은 느낌이 든다는 것이다. 그래서 참지 못하고 화를 내는 것이고,

그렇게 함으로써 잠시 자신이 이겼다고 착각하는 것이다.

이제 거의 반백년쯤 살다 보니 느끼는 것이지만, 화를 낸다고 상대에게 이기는 경우도 없거니와 내가 바라는 것만큼 상황이 잘 정리되는 경우도 별로 경험하지 못했다. 오히려 반대의 경우를 많이 경험했다.

화를 참지 못하고 분출한 날에는 집에 돌아와서도 계속 찜찜했으며 하루가 지난 다음 날에는 끝내 화를 참지 못한 자책감으로 패배감까지 들었으니 말이다.

당신이 옳다면 화낼 필요가 없고,

당신이 틀렸다면 화낼 자격이 없다.

간디의 말이다.

가슴에 새기고 화나는 일이 있을 때마다

가끔 꺼내어 보면 좋을 말이다.

79

여자의 마음을 잘 몰라서 늘 여자들에게
비난과 설움을 받던 사내가, 늘 여자에게 둘러싸여
좋은 대우를 받고 지내는 플레이보이에게 어떻게 하면
여자들의 마음을 얻을 수 있는지를 물었다.

"우는 여자에게 그녀가 우는 사연을 해결할 수 없다면
어떠한 서툰 위로도 건네지 마. 그저 그녀의 곁을 지키며
그녀의 이야기를 열심히 들어 줘.
그리고 그녀의 이야기가 끝나면
미소를 띠는 정도로만 웃어 주고 그녀를 가볍게 오래 안아 줘.
어때, 어렵지 않지?"

지저분하게 자란 수염이 보기 싫어
세면대 거울 앞에서 정성스럽게 면도를 한다.
면도 거품을 손에 적당량 덜어낸 다음
수염이 자란 모든 부위에 골고루 거품을 묻힌다.
내 면도기는 예리하고 성능 좋은 4중 면도날이어서
수염이 까칠하게 난 자리를 내 면도기가 한 번만 '쓰윽' 하고 지나가면
모두 깨끗이 잘라진 것 같지만 손으로 만져 보면
여전히 짧은 수염들이 만져진다.
그때부터는 눈에 의지하지 않고 손의 감촉에 의지하며 면도를 한다.
면도기가 지나간 자리를 손끝으로 세심하게 더듬으며
면도가 잘 되었는지를 살핀다.
그렇게 한참 동안 정성스럽게 면도를 한 후
마지막 점검 역시 손끝으로 한다.
손끝으로 수염이 자랐던 부위를 천천히 어루만지면서
깔끔하게 면도가 되었나를 살핀다.

언제나 가장 세심한 일들의 마지막은 손끝이다.

눈으로 언뜻 보기에는 괜찮은 것들도 손끝으로 살피면 다르다.

세상 대부분의 위대한 것들 역시 누군가의 손끝에서

만들어졌으며 누군가의 아픈 마음을 어루만져 주는 것도

역시 누군가의 손끝이어야 한다.

날 안아 주던 울 엄니도 두 손으로 날 안으시고

한쪽 손은 내 등에 가만히 붙이시고, 다른 한쪽 손으로는

내 등을 토닥이며 '괜찮다, 다 괜찮다.'라고 손끝으로 말씀하셨다.

아주 가까이 있어서 다 알 것만 같은 누군가의 마음도

손끝으로 어루만져 보면 보던 것과는 많이 다름을 알 수 있다.

눈으로 보이는 것들을 너무 믿거나 의지해서는 안 된다.

대부분의 진실은 눈에 보이는 것과

많이 다르기에.

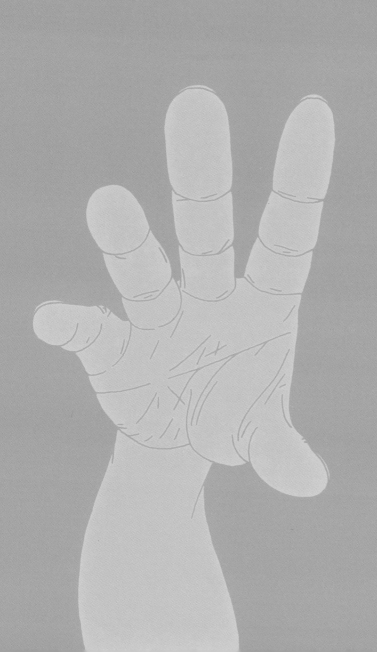

내가 어린 시절부터 장성해서 분가해 나가기까지
나의 겉옷뿐 아니라 속옷까지 다리미로 반듯하게 다려 주셨다.
"아들아, 남자는 겉도 반듯해야 하지만 속도 반듯해야 한단다.
늘 반듯하게 살아. 남에게 피해 주지 말고, 항상 올바르게 살아."
지금은 아프셔서 병원에 누워 계시는 어머니는 더 이상
내 속옷은 물론이고 겉옷도 다려 주지 못하지만 어머니의 말씀은
아직도 귓가에 쟁쟁하다. 그런 어머니의 당부와는 달리
어린 시절 말썽꾸러기에다 철까지 없던 나로 인해 어머니는 학교로
아버지는 경찰서로 가서 고개를 조아리셔야만 했다.
그런 일이 형들에게 알려지는 날이면 곤죽이 되게 맞고는
눈이 시퍼렇게 꽃이 핀 채로 방구석에 쭈그리고 앉아서 울곤 했다.
울고 있는 내게 어머니는 다가와 안아주시며 등을 토닥이며 말씀하셨다.
"괜찮아, 괜찮아, 우리 아들은 착하고 바른 사람이 될 거야."

포기를 모르고 말썽 부리는 나를,
어머니도 포기를 모르고 안아 주셨다.
안아 주실 때마다 마치 주술처럼 "괜찮다, 괜찮다."라고 말씀하셨다.
어머니는 시커멓게 탄 가슴으로 나를 안아 주며 내 인생에
주름으로 남을 일들을 하나씩 정성스럽게 모두 펴 주셨다.

병원에 누워 계시는 어머니의 얼굴을 찬찬히 살펴보면
미로처럼 주름이 이리저리 엉켜 있다. 그 주름을 보고 있노라면
내 인생의 주름으로 남을 만한 일들을 어머니가 펴 주시며
다 가져가신 것은 아닐까 하는 생각이 든다.

친구에게 연필을
빌려달라고 청하면,
나쁜 친구는
연필이 닳는 것을 염려해서
빌려주는 것을 망설이고,
좋은 친구는
연필과 함께
지우개도 빌려준다.

귀를 닫고 눈도 감고 몸을 조그맣게 웅크려서
열려 있던 마음마저 닫는다.
그렇게 네가 들어올 수 있는 문이란 문은
쪽문까지 빼지 않고 다 걸어 잠그고
빛 하나 없는 '나'라는 방 안에 나를 가둔다.
그렇게 꽁꽁 닫은 방 안에서도 행여 네가 알까봐
아주 작은 미동도 없이 쪼그리고 앉아 있다.

칠흑과 같던 어둠도 잠시 어둠이 눈에 익자
내 건너편에 너 역시 나처럼 쪼그리고 앉아
나를 바라보는 모습이 보인다.

아무것도 들어올 수 없다고 생각한
나라는 방 안에 네가 들어와 앉아 있다.
내가 나를 잠그고 가두는 사이.

젊은 부부가 내게 상담을 청했다.

나란 사람은 세상 어떤 부부에게도 조언을 할 만한 자격도 없거니와
할 수 있는 능력도 없는 사람임이 자명한데, 그것과 상관없이
부부는 자신들의 고민을 내게 토설했다.

"저희는 결혼한 지 올해로 7년차 된 부부입니다.
남편인 저는 밖에서 열심히 일을 해서 돈을 벌어 오고 아내는 집에서
여러 가지 일들을 합니다. 저를 위해 식사를 준비하는 것은 물론이고요,
제가 다음 날 잘 다려진 양복을 입고 나갈 수 있도록 준비도 잘 해줍니다.
우리는 그런 서로의 노고를 잘 압니다. 그런데도 저희 부부는 사이가 좋지
않습니다. 왜 사이가 안 좋은지 저희끼리 머리를 맞대고 고민해 본 결과
우리는 서로를 존중하지도 그리고 감사해 하지도 않는다는 것을
알았습니다. 저희 부부가 어떻게 하면 서로에게 감사하며 사이좋게
행복하게 살 수 있을까요?"라는 질문을 이혼 경력이 있는 내게 물어 왔다.

나는 고민 끝에 내 식의 답을 말해 주었다.

"둘이 훌라를 쳐. 하루에 두 시간 정도의 시간을 내서 훌라를 치라고.
훌라라는 게임은 상대방이 내가 원하는 카드를 내려놓으면 '땡큐!'라고
외치며 그 카드를 가져가야 하는 게임이야. 그렇게 자주자주 땡큐를
외치며 서로에게 감사하는 마음을 키워."

사이가 아주 나쁜 부부도 하루에 두 시간 정도의 시간을 만들어서
같이 즐길 수 있는 게임을 한다면, 그 게임의 종류가 무엇이든 간에
그리 길지 않은 시간 내에 관계를 회복할 수 있을 것이다.
오랜 세월을 같이 살려면 같은 취미 하나쯤은 있는 것이 좋다.

ㄴㅐㄱㅏ 좋아하는 형이자 내가 속해 있는 야구팀 '조마조마'의
정신적인 지주인 연기자 정보석 형이 신년이 되어
어디선가 들은 이야기라며 덕담 하나를 들려줬다.

〈순진함과 순수함의 차이〉
깨끗하고 투명한 유리잔 두 개가 있습니다.
한 잔에는 맑은 물이 가득 채워져 있고, 다른 한 잔은 비워져 있습니다.
전자는 '순수'라는 것이요, 후자는 '순진'이라는 것이죠.
순수라는 것은 물이 가득 채워져 있어 더 이상 들어갈 틈이 없으니
깨끗한 그 자체이고요, 순진은 비어 있으므로 그 안에 순수처럼
깨끗한 물이 담길 수도 있고, 더러운 물이 들어갈 수도 있는 것입니다.
어떤 누군가 '순수'와 '순진'의 차이를 묻더군요.
순수의 사전적 의미는 '잡것의 섞임이 없는 것',
'사사로운 욕심이나 못된 생각이 없는 것'입니다.
그리고 순진의 사전적 의미는
'마음의 꾸밈이 없이 순박하고 참되다',

‘세상 물정에 어두워 어수룩함’입니다.

그런데 곰곰이 생각해 보면 우리 삶의 의미를

되새겨 보게 됩니다. 살아가면서 ‘순진하다’라는 말은

어리석다는 의미일 수 있습니다.

반면 ‘순수하다’라는 말은 자신의 소신이 있고

주관이 뚜렷하다는 것이며 세속에 물들지 않는다는 것을

뜻하는 것 같습니다.

‘순진’이란 말은 어릴 때만 간직할 수 있는 말입니다.

어른이 되어서도 순진하다면 세상을 모르는

무지한 사람입니다. 반면 순수는 누구나 가질 수 있습니다.

나이가 들어서도 순수한 사람이 있습니다.

순수한 사람은 거짓이 없습니다.

순수한 사람은 자기 말에 책임을 집니다.

순수한 사람은 주관이 뚜렷합니다.

순수한 사람은 어떤 상황에도 흔들리지 않습니다.

순수한 사람은 남에게 해를 끼치지 않습니다.

순수한 사람은 겸손의 미덕을 갖고 있습니다.
순수한 사람은 남의 잘못은 용서하지만 자신에게는 엄격합니다.

순수하게 살아간다는 게 쉽지는 않습니다.
하지만 좋은 습관을 가지려 노력하면 순수해질 수 있습니다.
진정 순수해 누가 봐도 아름다워서 나를 닮고 싶어 하는
사람들이 많았으면 좋겠습니다.
누가 봐도 아름답고 누가 봐도 부담이 없는
순수를 사랑하는 삶을 살았으면 좋겠습니다.

거대한 옥수수 밭을 지닌 농장주는 슬하에 자식이 없었다.
그래서 농장주는 자신의 농장에 근무하던 젊은이들 중 자신이 제안한
내기에서 1등 한 사람에게 자신의 옥수수 밭을 물려주기로 했다.
옥수수 밭 내기의 규칙은 간단했다.
옥수수 밭을 통과하며 가장 큰 옥수수를 따 온 사람이 1등이다.
옥수수 밭을 통과하다 발걸음을 뒤로 돌려 한 번 지나쳤던 옥수수를
따는 것은 부정행위로 간주되며, 옥수수는 단 한 번만 따는 것이 허용된다.

사내는 눈을 크게 뜨고 조금 느린 듯 빠르게 걸으면서
옥수수 밭을 좌우로 살피며 앞으로 나아갔다.
옥수수 밭의 5분의 1쯤 지나왔을 때, 한눈에 보기에도
지금까지 본 옥수수들 중 가장 큰 옥수수가 사내의 눈에 들어왔다.
사내는 바쁘게 걸어가던 걸음을 멈추고 옥수수를 손으로 덥석 잡았다.
그리고 그 옥수수를 막 따려던 순간 멈칫하며
'옥수수는 단 한 번만 딸 수 있다.'는 규칙이 생각났다.
사내는 잠시 고민에 빠졌다.

○

'겨우 5분의 1밖에 지나지 않은 지금 이 옥수수를 땄는데,
가다가 더 큰 옥수수를 발견하면 어떻게 하지?'
고민 끝에 사내는 더 큰 옥수수가 있을 것이라는 기대감으로
처음 발견했던 큰 옥수수를 따지 않고 가던 길을 가기로 했다.
사내의 판단은 맞았다. 그리 얼마 가지 않아서 아까 봤던
옥수수보다 훨씬 더 큰 옥수수를 발견했다.
기쁜 마음으로 옥수수를 따려던 사내는 전과 비슷한 고민이 들었다.
'아까 처음 본 옥수수도 굉장히 크다고 생각했는데 지금의 옥수수가
더 크잖아. 조금 더 가보면 지금보다 더 큰 옥수수가 있지 않을까?'
사내는 지금의 것보다 더 큰 옥수수가 있을 거라는 거의 확신에 찬
믿음으로 다시 발걸음을 재촉해서 앞으로 나갔다.
그렇게 옥수수 밭을 헤매며 더 큰 옥수수, 더 큰 옥수수를 찾다가
옥수수 밭의 끝에 이르러서는 자신이 세 번째 봤던 옥수수가 가장 큰
옥수수임을 알게 되었다. 하지만 이미 그 옥수수는 지나친 상태였고,
허탈감에 빠진 사내는 이제 어떤 옥수수를 따도 의미가 없다는 생각에
빈손으로 옥수수 밭을 걸어 나왔다. 옥수수 밭을 나오니 다른 사내들

손에는 죄다 옥수수가 하나씩 들려 있었다. 심판관인 농장주가 따온
옥수수를 한 곳에 모아놓고 크기를 재었다.
사내는 1등으로 뽑힌 옥수수가 얼마나 큰지 궁금한 마음으로 지켜봤고,
1등으로 뽑힌 옥수수는 사내가 두 번째로 봤던 옥수수보다도 훨씬 작았다.
사내가 봤던 두 번째로 큰 옥수수만 가지고 나왔어도 사내는 무리들 중에서
1등을 할 수 있었던 것이다.

삶을 통과하며 누구나 한두 번은 기회와 대면하게 된다.
어떤 이는 자신 앞에 놓인 기회를 쉽게 여겨서 지나치는가 하면,
또 어떤 이는 작은 기회를 소중히 여겨서 그것을
더 큰 기회로 연결시키곤 한다.
모든 인연, 모든 일에 작고 하찮은 것이란 없다.

세상에서 가장 큰 방공호도
들어가는 문은 작은 법이다.

1974년 백남준은 'TV 가든'이란
작품을 설치하고 있었다.
밤새 비가 내렸고 이튿날
새벽에서야 비가 멈췄다.
마침 창밖을 바라보던
백남준은 하늘에서 내려오는
달빛을 보며 이렇게 말했다.
"달빛이 바로 하이 아트,
내 비디오 작품은 로우 아트구나."

우리가 위대하다고 부르는
세상의 그 어떤 예술품도
자연보다 아름다울 수는 없다.

hurdle

이성을 만나서 사랑에 빠질 때마다
내가 느끼는 감정이 성욕에서 비롯된 것인지
명확한 사랑의 감정인지를 구분하기 위해 노력했어.
그리고 내 삶의 어떤 일에서 용기를 필요로 할 때에는
그것이 진짜 내 용기가 필요로 하는 위대한 결정인지
아니면 내 욕심인지를 구분하기 위해 노력해.

이제 더 이상 성욕을 위해 내 정력을 낭비하고 싶지 않고,
내 욕심을 위해 열정을 낭비하고 싶지 않기 때문이야.
귀중한 감정들은 아껴야 하는 법이거든.

hurdle

법으로 정했으면 좋겠어.

술 취한 사람은 집에 빨리 들어가게 하는 법.

봉사활동에 와서 인증 사진 찍지 못하게 하는 법.

돈 많은 친구가 친구들 앞에서 돈 자랑 못 하게 하는 법.

직장인은 퇴근시간 5분 전부터 퇴근 준비시키는 법.

어린아이들은 밥 굶지 않게 하는 법.

프로야구 경기 시작 전 핫팬츠를 입은

걸그룹이 나와서 시구를 하지 못하게 하는 법.

콘서트 7080 프로그램에 나와서 옛 가수들이

신곡을 발표하지 못하게 하는 법.

세상에 있어도 그만, 없어도 되는 그만인

법 대신 이런 것들이 법으로 지정된다면

조금은 더 행복한 세상이 될 것 같다.

1940 년에 개성에서 태어난 황안나 씨는 오랜 교직 생활을 하다가
정년을 7년 앞두고 퇴임을 한 후에 제2의 인생을 시작했습니다.
그녀가 마음먹은 제2의 인생은 '도보여행가'였고, 그 경험을 바탕으로
자신의 책을 내는 일이었습니다. 그녀의 처음은 쉽지 않았습니다.
오랫동안 운동을 떠나 있던 몸이라 처음에는 동네 산책도 힘이
들었습니다.

하지만 꾸준히 포기하지 않고 퇴임 후 3년 동안 동네 산을 탔습니다.
그리고 대부분 산행을 포기하는 나이인 60세에 산악회에 들어가서
전국의 산들을 누비기 시작했습니다. 수많은 산을 타며 체력에 점점
자신이 생기자 황안나 씨는 65세에 800km 국토종단을 했고,
67세에는 4,200km에 이르는 우리나라 해안일주를 혼자서 해냈습니다.
이후에는 산티아고, 네팔, 몽골, 부탄, 아이슬란드, 시칠리아 등
50개국의 길을 밟았습니다.
또 66세에는 『내 나이가 어때서?』라는 책으로 작가의 꿈을 이루었고,

72세에 쓴 『엄마, 나 또 올게』라는 책은 4개국에서 번역 발간되어
대만에서 문학 분야 1위를 차지하기도 했습니다. 그리고 75세가 된
지금도 여전히 산행을 즐기며 멋진 제2의 인생을 즐기고 있습니다.

산행에서 만난 사람들은 그녀에게 놀라운 눈을 하며 묻습니다.
"어떻게 그 연세에 이렇게 험한 지리산 종주를 하실 수 있죠?"
그런 질문을 받을 때면 그녀는 늘 이렇게 대답한다고 합니다.
"나이가 든 만큼 저 역시 아픈 곳이 많아요. 툭하면 허리도 아프고
엉덩이뼈도 아프죠. 그렇게 아파도 떠나는 거예요. 아프니까 당연히
발걸음은 느리고 무겁지만 천천히 한 걸음씩 걷다 보면 마치 마법처럼
도착지에 와 있답니다."

오늘의 태그다.
느리게#천천히#마법#목적지#성공적

" 졸업생 여러분, 여러분은 해냈습니다. 그리고 완전히 망했습니다."
뉴욕 맨해튼 매디슨 스퀘어가든에서 열린 뉴욕대 예술대 티시(Tisch)
스쿨 졸업식장에서 축하 연사로 온 배우 로버트 드니로의 첫마디다.
"치과대, 의대, 비즈니스 스쿨 졸업자들은 졸업과 동시에 직업을 얻습니다.
교사도 박봉이긴 하지만 일자리를 얻어요. 하지만 예술을 전공한 여러분의
경우에는 과연 가능할지 의심스럽습니다. 여러분은 학교에서 모조리 A만
받는 학생이었습니까? 그렇다면 앞으로는 두 번 다시 그런 일은 없을
겁니다. 새로운 문이 기다리고 있습니다. 그 문은 '평생좌절'의 문입니다."
드니로의 말에 학생들은 환호와 비명을 질렀고 드니로는 말을 이었다.

"여러분은 뒷면에 '거절'이라는 단어가 적힌 티셔츠를 받게 될 것이지만,
티셔츠 앞면에는 '다음(Next)'이라는 말이 적혀 있습니다. 이번에 원하는
역할을 맡지 못했더라도, 다음 혹은 다다음 기회가 기다리고 있습니다.
항상 '다음'이라는 단어를 기억하세요. 그리고 실패하더라도 모든 잘못을
여러분의 책임으로 돌리지 마세요. 여러분은 연기로 평가받게 될 것이고,
맡은 역할에 충실했다면 그것으로 족한 것입니다."

92

hurdle

우리는 혼자서는
세상을 변화시킬 수 없다.
하지만 우리는
혼자서 스스로를
변화시킬 수 있다.

내가 생각하는
세상을 변화시킬 수 있는
단초이다.

TV에는 한 프로그램에서 수십만 마리의 닭을 키우며
양계 사업으로 성공한 이의 인터뷰가 나오고 있었다.

"전 이 사업을 위해 안 먹어 본 닭 사료가 없습니다."

양계 사업을 위해 열심히 노력한 그분의 열정은 인정하지만
인터뷰를 듣던 나는 웃음이 났다. 그리고 의문이 샘솟았다.

왜 닭 사료를 먹은 걸까?

자신의 입맛과 닭의 입맛이 같다고 생각한 걸까?

자신이 맛있다고 생각한 사료를 닭에게 주면
닭도 좋아할 거라고 생각한 걸까?

물론 사료까지 먹은 그 열정이 그분이 양계 사업을
성공에 이르게 한 부분임을 인정하지만 나는 앞에 나열한
의문점 때문에 웃음이 멈추지 않았고 그 의문은 뜻밖에도
우리의 아이들에게로 옮겨 갔다.

혹시 나는 내 입맛대로 아이들을 대하지는 않나?
내 입맛에 맞으니 아이들의 입맛에도 맞을 거라는 근거 없는
확신으로 아이들이 원하지 않는 방향을 강요하고 있는 것은 아닐까?
누군가가 내 그러한 모습을 보며 나처럼 웃지는 않을까?
이런 생각이 들자 소름이 끼쳤다. 그러면서 양계장 주인이 병아리들에게
모이를 주며 간절히 바랐던 처음 그 원초적인 바람만 아이들에게
가져야겠다는 생각이 들었다.

그저 건강하고
씩씩하게만 자라다오.
내 바람은 그뿐이란다.

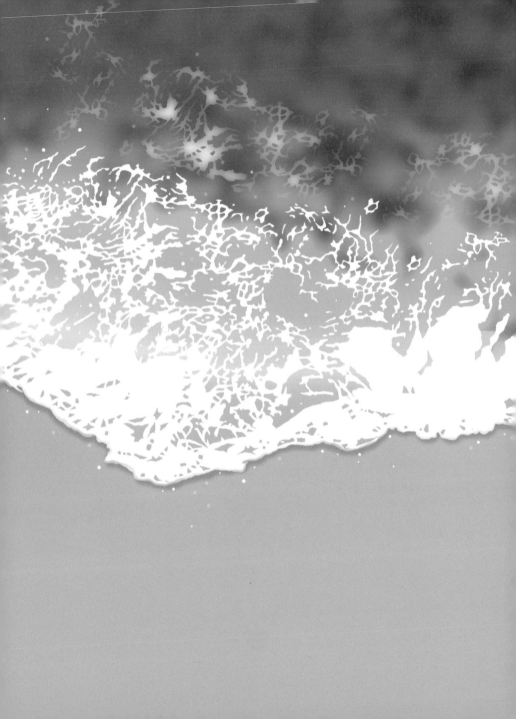

배를 만들어 바다로
나가고 싶은 바보들은
사람들에게 목재를 가져오게 하고
그 목재를 배의 각 부분에 맞게
다듬게 하며 오랜 시간과 노력 그리고
왜 배를 만들어야 하는지에 대한
끝없는 설득을 통해 배를 만든다.

하지만 현명한 이는 사람들을 모아 놓고
배를 만드는 방법이나 이유 대신
넓고 끝을 알 수 없는 푸른 바다에 대한
동경을 듣는 이들에게 심어 준다.

더 큰 세상으로 나가는 배는
나무로 만드는 것이 아니라
꿈으로 만드는 것이다.

O

비가 오면 오는 대로
눈이 오면 오는 대로

우리는 미리 알 필요도 없는
것들에 집착하면서 살아가지.
살다 보면 알고 싶지 않아도
결국 저절로 알게 되어 있는 것들.
비와 눈을 맞으면서도 계속
앞으로 나아갈 자신만 있다면
내일의 날씨 따위는 중요하지 않아.

결국 가장 중요한 것은
날씨와 상관없는 우리의 마음뿐.
앞으로 걸어가고자 하는
우리들의 마음뿐.

치매에 걸리시면서 여러 가지가 슬펐지만,

난 용렬하게도 엄마의 음식을 다시 못 먹는 것이 가장 슬펐다.

너무너무 간절하게 엄마의 음식이 그리운 날에

엄마의 음식을 스스로 재현해 보겠다는 포부를 지니게 되었고,

음식이라고는 라면 따위밖에 만들어 보지 않았던 나는 한참을

미루다가 가슴속의 포부를 실행에 옮기게 되었다.

첫 번째로 도전한 엄마의 음식은 '무짠지'였다.

음식점마다 더러 나오는 밑반찬이었지만, 엄마의 그것과는

너무도 달라서 늘 그리웠던 음식 중 하나였다.

집 근처 마트에 가서 무를 두 개 사와 깨끗이 씻고 얇게 채를 썰었다.

엄마가 무짠지를 담그는 것을 몇 번 봤기에 '이렇게 했었지' 하고

기억을 더듬으며 무를 채 써니 시원한 무향이 났다.

음식 만드는 것이 고달프지만은 않다는 생각이 드는 순간이었다.

그다음은 무채를 썰던 것처럼 모조리 기억에 의지했다.

채 썬 무를 간수 뺀 굵은 천일염으로 절인 다음 고춧가루와

마늘을 듬뿍 넣었다. 그리고 버무린다. 가늘게 채 썰린 무들이 천에

고운 빛깔을 물들이는 것처럼 빨갛게 물이 들어간다.

그리고 다시 조심스럽게 기억을 더듬으니 '그래, 멸치액젓!'이 떠올라서

멸치액젓을 조금. 단맛을 위해 설탕도 넣고, 왠지 모르게 매실액도

넣는다. 다시 쪽파와 양파를 잘게 썰어서 넣고 버무리 버무리.

그리고 하루 반나절 정도 상온에서 익혔다가 맛을 보니 저절로

눈물이 났다. 엄마가 만들었던 그것과는 다르지만 그 맛이 엄마가

만들었던 무짠지의 맛과 대략 70% 정도 닮아 있었기 때문이다.

그 맛은 엄마를 따라 시장에 나가서 길을 잃지 않기 위해서 엄마의

치마를 꼭 잡고 따라 다니던 맛이었다.

'내 혀가 기억하고 있었구나.'라는 생각이 들자 어디에서든 곧잘 실언을

해서 늘 밉기만 하던 내 세 치 혀였는데 처음으로 고맙고 대견스러웠다.

그리운 맛의 안내자는 엄마의 음식에 오랫동안 길들여진 내 혀였다.

그렇게 첫 번째 도전기가 시작되었고, 세 번의 시도 만에 엄마의

무짠지 맛에 90%쯤 가까워질 수 있었다.

100%는 거의 불가능했다. '그래도 이 정도가 어디야?'라는

생각을 지니게 되었고, 그 이후부터는 음식 만드는
나의 새로운 재능을 발견하게 되었다.
친구들이 놀러오면 밥상에 내가 만든 김치찌개, 된장찌개를 내놓았고
맛본 친구들은 누가 끓였느냐고 꼭 물었다.
그럴 때마다 나는 웃으며 "내 안에 시골 할머니 산다."라고 농을 했다.
지금은 콩비지찌개, 장조림, 고등어 무조림 등 꽤 많은 가짓수의
음식을 만들며 남자인 내가 느끼는 감정은 '생각보다 쉽다.'란 것이다.

남자들은 물론이고 여자들마저 '음식을 만든다.'라고 생각하면
정신이 아득한 기분이 든다는 사람들이 꽤나 많다.
사실 내가 직접 음식을 만들어 보기 전까지는 나 역시도 앞서 말한
그들과 별반 다를 것이 없었다.
하지만 지금은 어떤 음식을 만들기 전에 눈을 지그시 감고
만들려는 음식을 머릿속에 먼저 떠올린다. 내가 먹어 봤던, 그 음식이
가장 맛있던 순간을 떠올린다.
이를테면 '오이지'를 만든다고 생각하고 눈을 감으면 자연스럽게

첫 번째로 오이지의 아삭함이 가장 먼저 떠오른다.

그리고 양념에서 느껴지는 고춧가루의 매콤함, 식초에서 느껴지는

시원한 느낌, 혀의 안쪽 끝에서 느껴지는 설탕의 단맛, 그것이면

가장 기본적인 레시피가 완성된다.

나머지 완성까지는 개인들의 창의성에 달려 있다.

나 같은 경우에는 파도 잘게 썰어 넣고, 소금 조금 넣고 맛을

한번 보면서 뭔가 부족하면 고추장을 조금 넣을 수도 있고,

다른 어떤 것들을 넣으면서 부족한 맛을 채워 나가면 되는 것이다.

완성된 음식의 맛은 개인이 첨가하는 재료에 따라 많이 달라진다.

맛있고 맛없고 그리고 어떤 맛인지가 음식을 만들면서 가장 중요한

부분이겠지만, 어쩌면 크게 중요하지 않을 수도 있다.

그렇게 상상력을 발휘하며 만든 음식은 대체로 맛도 있지만,

그렇지 않은 경우에도 나는 '내가 해냈다.'라는 느낌만으로도 충분히

맛이 있었다.

우리네 인생도 살아 보니 음식 만드는 것과 크게 다르지 않다.
큰 레시피만 정해졌다면, 두려움을 떨쳐내고 조금씩 간을 하며
먹어 보면서 부족한 맛을 채워 나가면 되는 것이다.
한 번에 완성되는 음식이 없듯이 한 번에 완성되는 인생도 없다.
가장 경계해야 하는 것은 '난 음식은 못 만들어.'라고 단정 짓고
도전하지 않는 것이다. 그렇게 늘 도전하지 않는 삶은 누군가가
차려 준 당신의 입맛과는 별개인 음식만 먹게 될 것이다.
그런 밥상은 상상만 해도 끔찍한 일이다.
당신의 인생에 어떤 재료를 넣든 당신 마음이다.
당장은 맛이 없을지라도 당신의 인생을 자신이 원하는 맛으로
만들기 위해서는 스스로 버무려야 한다.
버무리 버무리.

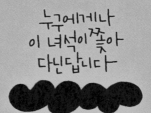

누구에게나
이 녀석이 쫒아
다닌답니다

이 녀석의
이름은 '먹구름'입니다

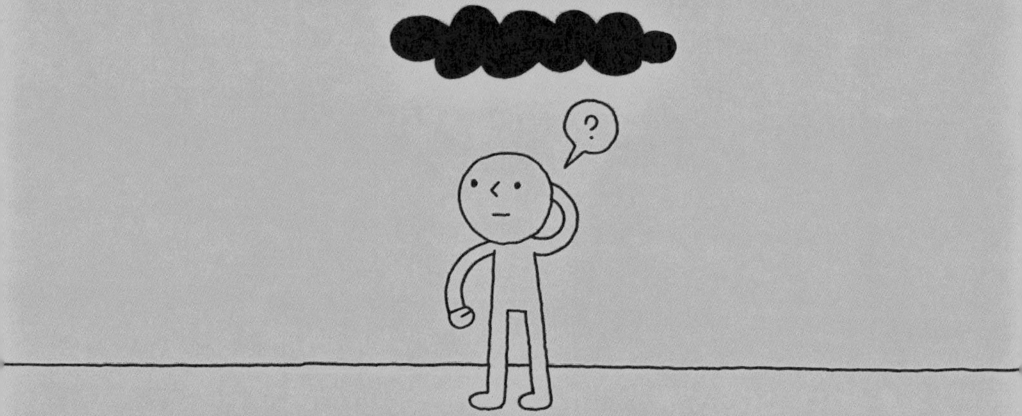

희한한건, 내가
인상을 찌푸리면 녀석은
비를 내린다는 겁니다

비가 오고, 천둥이 쳐도
웃으세요. 웃으면서 버티면
녀석은 물러갑니다.

박광수

–

세상을 향한 따뜻한 이야기를 담은 『광수생각』을 통해
평범한 사람들의 일상을 감동적으로 그려낸 만화가로,
수많은 독자들의 마음을 사로잡으며 베스트셀러 작가가 되었다.

저서로는 『광수생각』 외에도
인간 박광수로서 카메라 렌즈를 통해 마주한 자신과 세상을 담아낸 『앗싸라비아』,
인생에 힘이 되어준 시 100편과 그림을 담아낸 『문득 사람이 그리운 날엔 시를 읽는다』,
기발하고도 삐딱한 상상력을 거침없이 풀어낸 『악마의 백과사전』,
삶도 사랑도 참 서툰 사람들에게 보내는 가슴 따뜻한 응원가인 『참 서툰 사람들』 등이 있다.

살면서
쉬웠던 날은
단 하루도
없었다

초판 1쇄 발행 2015년 7월 24일 **초판 46쇄 발행** 2024년 10월 10일

지은이 박광수
펴낸이 최순영

출판1 본부 본부장 한수미
와이즈 팀장 장보라
디자인&글씨 이유미 @ MILLA ARIWAN

펴낸곳 (주)위즈덤하우스
출판등록 2000년 5월 23일 제13-1071호
주소 서울특별시 마포구 양화로 19 합정오피스빌딩 17층
전화 02) 2179-5600 **홈페이지** www.wisdomhouse.co.kr

ISBN 978-89-5913-947-7 03810

"아들아 울지 마라. 아들아 울지 마라."
그렇게 내 유년의 강은 어머니의 위로로 건너왔다.